You shine
in the
Moonlight

You shine in the Moonlight

You shine in the MOOnlight

übersetzt von Christine Steinle

EGMONT

Kirschblüten und Linoleum

short season, cold feeling

1

Kirschen blühten auf beiden Seiten des Wegs, der die Anhöhe hinaufführte. Oben angekommen fiel mein Blick auf das neu gebaute Krankenhaus. Das moderne und recht ansehnliche Gebäude machte einen unbelebten Eindruck. Es wirkte eher wie ein Bürokomplex als wie eine Klinik, was mich ein bisschen erleichterte. Als ich am Empfang mein Anliegen vorbrachte, teilte man mir umstandslos mit, zu welchem Zimmer ich müsste. Bei dem Gedanken, gleich einen völlig fremden Menschen zu treffen, war mir richtig mulmig. Vor allem, da es sich um ein Mädchen handelte, das im Krankenhaus lag. Ich war etwas nervös, während ich auf den Aufzug wartete. Jemand hatte mir gesagt, sie solle bildhübsch sein. Ihr Name war Mamizu Watarase.

In der ersten Klassenleiterstunde der zehnten Klasse – dem ersten Jahr der Oberschule – sagte unsere Lehrerin Frau Yoshie mit tönender Stimme: „Mamizu Watarase ist aufgrund ihrer Krankheit bereits seit der Mittelschule in der Klinik. Hoffen wir, dass sie möglichst bald entlassen wird und mit uns allen den Schulalltag genießen kann."

Im Klassenzimmer war ein Platz frei geblieben. Unsere Schule war eine private Mittel- und Oberschule, die Schülerschaft hatte sich seit der Mittelstufe kaum verändert. Dennoch kannte kaum jemand Mamizu Watarase.

„Sie soll die Leuchtkrankheit haben."

„Dann kommt sie wohl nicht mehr in die Schule zurück."

„Wer ist das?"

„Sie ist schon seit Mai der siebten Klasse nicht mehr da."

„Ich erinnere mich nicht an sie."

„Hat jemand ein Bild von ihr auf dem Handy?"

In der Klasse kam ein bisschen Gerede auf, mangels tauglicher Informationen verebbte es jedoch schnell wieder.

Die Chancen für eine Rückkehr an die Schule standen schlecht. So viel ich wusste, galt die Leuchtkrankheit als unheilbar, ihre Ursache war unbekannt. Es gab keine anerkannte Therapie, vollständige Heilung war praktisch ausgeschlossen. Die meisten Patienten verbrachten den Rest ihres Lebens im Krankenhaus.

Die Betroffenen trugen die Krankheit jahrelang in sich, bis sie eines Tages plötzlich ausbrach, meist im Teenageralter oder den frühen Zwanzigern. Sobald das geschah, war die Sterblichkeit hoch, nur wenige Patienten erreichten das Erwachsenenalter. Die Symptome der Erkrankung waren vielfältig, ein ungewöhnliches Phänomen war jedoch charakteristisch: Die Haut leuchtete.

Es hieß, im nächtlichen Mondschein würde der Körper ein sanft schimmerndes Licht ausstrahlen. Es wurde angeblich stärker, je mehr sich der Gesundheitszustand verschlechterte. Daher der Name „Leuchtkrankheit."

Wie auch immer, dachte ich, *diese Mamizu Watarase dürfte nicht mehr in der Schule auftauchen.* Ich beschloss, die Sache schnell zu vergessen.

Einige Tage später machte während der Pause eine riesige Klappkarte im Klassenzimmer die Runde.

„Schreib auch was drauf, Okada."

„Was ist das?"

„Na, du weißt schon. Für die mit der Leuchtkrankheit, wie hieß sie noch mal? Sie soll eine Genesungskarte von uns bekommen."

Gleichgültig griff ich zum Stift.

Hoffentlich wirst du bald gesund.
Takuya Okada

Innerhalb von drei Sekunden hatte ich diese Worte aufs Papier gekritzelt und wollte die Karte schon weiterreichen.

„Mensch, Okada! Geht's noch belangloser?"

„An wen soll ich sie weitergeben?"

„Wir haben alle schon etwas geschrieben. Ach so, Kayama fehlt noch. Gib du ihm die Karte, ihr seid doch befreundet, oder?"

„Eigentlich nicht", erwiderte ich lapidar und ging zu seinem Platz.

Akira Kayama sah so schlampig aus wie immer: Das Hemd seiner Schuluniform flatterte nachlässig aus der Hose, er selbst hing im Tiefschlaf über seinem Pult. Er war groß und trug die Haare lang. Von einem Schlägertypen hatte er aber nichts, dazu fehlte ihm jeder Hang zur Gewalt. Es mangelte ihm lediglich an Ernsthaftigkeit. Mit seinem guten Aussehen war er bei den Mädchen sehr beliebt, die Jungen hingegen hielten eher Abstand zu ihm, da er leicht überheblich wirken konnte.

„Wach auf, Kayama!"

„Die haben mich tatsächlich zum Hausmeister eines Wohnheims voller heißer Frauen gemacht ...", murmelte er im Schlaf. Anscheinend hatte er einen ausgesprochen angenehmen Traum. Unerbittlich rüttelte ich ihn in die Realität zurück. „Hä? Ah, du bist es. Was gibt's?"

Wäre es nach mir gegangen, hätte ich mich lieber von ihm ferngehalten. Es lag allerdings nicht an seiner chaotischen Art, damit kam ich ganz gut klar. Das Problem war, dass Kayama vor langer Zeit einmal etwas für mich getan hatte. Dadurch stand ich sozusagen in seiner Schuld. Man konnte uns nicht als Freunde bezeichnen, er war eher so etwas wie mein Retter. Daher war der Umgang mit ihm für mich immer schwierig. Selbst wenn wir uns nur oberflächlich unterhielten, spürte ich eine innere Anspannung. Ich hatte kein Vertrauensverhältnis zu ihm.

„Wir schreiben eine Karte. Für dieses Mädchen mit der Leuchtkrankheit."

„Ah." Kayama nahm die Karte und betrachtete sie geistesabwesend. „Mamizu Watarase, aha ..." Sein Tonfall und Gesichtsausdruck erweckten den Eindruck, als würde er sich an etwas aus der Vergangenheit erinnern.

Verwundert fragte ich: „Kennst du sie?"

„Hm ja, von früher. Jetzt heißt sie also Mamizu Watarase", murmelte er vor sich hin. Dann zu mir: „Okay, ich werde mir etwas ausdenken." Als ich mich wieder zu meinem Platz aufmachte, fragte er mir hinterher: „Sag mal, Okada, was läuft denn bei dir so in letzter Zeit?"

„Was meinst du?"

„Geht's dir gut?"

„Ja, mir geht's gut", erwiderte ich, meine Gereiztheit unterdrückend.

„Ich meine ja nur, du hast doch manchmal deine schlechten Phasen", sagte Kayama in einem Ton, als könnte er mich durchschauen.

Spar dir deine blöden Kommentare!, dachte ich, behielt es aber für mich.

„Jetzt haben alle etwas auf die Karte für Mamizu Watarase geschrieben. Es wäre schön, wenn ihr jemand nächstes

Wochenende den Umschlag bringen würde. Möchte das jemand übernehmen?"

Unsere Lehrerin Frau Yoshie war Anfang Zwanzig und recht hübsch. In der Klassenleiterstunde wirkte sie allerdings noch etwas unbeholfen, vielleicht weil sie erst seit kurzem im Beruf war. Auf so eine Frage war keine andere Reaktion als Ablehnung denkbar. Da würde garantiert niemand die Hand heben. Das war allen klar, genau wie die Tatsache, dass die Lehrerin als Nächstes jemanden bestimmen würde. Einhellig wandten alle das Gesicht ab, jeder in der Hoffnung, es möge ihn nicht treffen. Keiner machte sich die Mühe, seine Unlust zu verbergen.

Da geschah es: Kayama hob plötzlich die Hand. Auf einen Schlag blickte die ganze Klasse erstaunt in seine Richtung.

„Ich gehe."

„Ah, sehr gut. Dann wird Kayama das übernehmen."

In diesem Moment lag ein seltsamer Ausdruck auf Kayamas Gesicht, der etwas von tragischer Entschlossenheit hatte. Gerne hatte er sich nicht gemeldet, so viel war offensichtlich. Er hätte einfach nur den Mund halten müssen, wenn es ihm so zuwider war. Warum hatte er gesagt, er würde gehen? Das wunderte mich.

Dann kam das Wochenende. Am Sonntag rief mich Kayama plötzlich an und bat um ein Treffen.

„Ich habe eine Bitte an dich."

Da wir uns an freien Tagen normalerweise nicht privat sahen, war das äußerst ungewöhnlich. Obwohl ich keine Lust dazu hatte, ging ich zu ihm.

„Ich bin erkältet." Mit diesen Worten empfing mich Kayama am Hauseingang, in Schlafanzug und mit Mundschutz. „Weißt du, ich habe Fieber."

Für mich sah er nicht wie jemand aus, der Fieber hatte. Ich hatte den Eindruck, er spielte den Kranken nur.

„Also, um welchen Gefallen geht es?", fragte ich leicht entnervt.

„In dem Zustand kann ich Mamizu Watarase nicht im Krankenhaus besuchen."

„Jetzt soll ich an deiner Stelle gehen?", fragte ich wie zur Bestätigung.

Kayama antwortete mit einem knappen „Ja" und verschwand kurz im Haus.

Als er wieder herauskam, hatte er den Umschlag für Mamizu Watarase bei sich. Mit dem Spruch „Du machst das schon!" drückte er ihn mir in die Hand. Dann machte er auf dem Absatz kehrt und trat zurück ins Haus, als wollte er sich jedem weiteren Wort entziehen. Ich wusste ehrlich gesagt nicht, was ich von der ganzen Sache halten sollte.

2

So war ich also dazu verdonnert, an einem Sonntag ein fremdes Mädchen im Krankenhaus zu besuchen. Die Klinik, in der Mamizu Watarase lag, befand sich an der Endhaltestelle der Bahnlinie, in entgegengesetzter Richtung zu meinem üblichen Schulweg. Nach einer halben Stunde Durchrütteln im Bummelzug kam ich an meinem Ziel an. Vom Bahnhof ging ich zum Krankenhaus und dort weiter zum Aufzug in den dritten Stock, wie man es mir am Empfang beschrieben hatte. Ich lief den mit Linoleum ausgelegten Korridor entlang, bis ich das Krankenzimmer erreichte. Beim Eintreten sah ich, dass es sich um ein Mehrbettzimmer handelte, das ausschließlich mit Frauen belegt war: Zwei älteren Damen und einem jungen Mädchen, das ein Buch las. Das musste Mamizu Watarase sein. Ich näherte mich ihr langsam. Vielleicht hatte sie meine Gegenwart bemerkt, jedenfalls hob sie den Blick vom Buch und sah auf.

Ihr Blick durchfuhr mich wie ein Blitz. Sie war wirklich bildhübsch. Eine richtige Schönheit, doch mir fiel niemand ein, dem sie ähnlich sah. Der durchdringende Blick ihrer tiefschwarzen Augen wurde von natürlichen langen Wimpern und einer eleganten doppelten Oberlidfalte eingerahmt, wodurch er noch eindrucksvoller wirkte. Ihre Haut war so unfassbar hell, dass man meinen konnte, sie wäre noch nie von einem einzigen Sonnenstrahl berührt worden. Vielleicht hatte sie deshalb eine völlig andere Ausstrahlung als die Mädchen aus meiner Klasse. Sie wirkte, als wäre sie in einem fremden Land geboren und aufgewachsen.

Eine fein geschnittene Nase, frische Wangen, dazu ein kleiner, gerader Mund. Eine wohlproportionierte Figur mit langem, aufrechtem Rücken. Glatte, glänzende Haare, die bis zur Brust reichten. Ein unglaublich offener Gesichtsausdruck ohne die geringste Spur von Unaufrichtigkeit.

„Bist du Watarase?", fragte ich schüchtern.

„Ja, bin ich. Und wer bist du?"

„Mein Name ist Takuya Okada. Seit Schulbeginn im Frühjahr sind wir Klassenkameraden", stellte ich mich kurz vor.

„Ah, verstehe. Freut mich, dich kennenzulernen. Ich bin Mamizu Watarase. Hör mal, Takuya, ich hätte eine Bitte", sprach sie mich plötzlich mit meinem Vornamen an.

„Könntest du mich einfach Mamizu nennen?"

Da ich es nicht gewohnt war, Fremde gleich mit dem Vornamen anzusprechen, kam mir dieser Wunsch seltsam vor. „Warum?"

„Ein Nachname kann sich schnell ändern", meinte sie.

Ich wunderte mich, ob ihre Eltern geschieden waren, zögerte aber, das Thema so unvermittelt anzureißen. „Okay, dann sage ich eben Mamizu zu dir."

„Danke. Ich mag es, wenn man mich beim Vornamen nennt“, sagte sie mit einem verschämten Lächeln. Dabei blitzten ihre weißen Zähne aus dem Mund hervor. Ich war verblüfft, wie strahlend weiß sie waren. Die Art, wie sie „ich mag“ sagte, hatte etwas Vertrauliches. „Also, Takuya, weshalb bist du hergekommen?“

„Tja, wie's aussieht, habe ich Ausdrucke und eine Karte für dich. Die Lehrerin meinte, du würdest dich sicher mehr freuen, wenn ein Mitschüler die Sachen vorbeibringt.“

„Und wie ich mich freue!“

Ich gab ihr den Umschlag. Sie nahm die Karte heraus und begann, sie interessiert zu studieren.

„Das ist aber ein bisschen gleichgültig, Takuya.“

Hastig spähte ich auf die Karte, meine Worte standen in einer Ecke: *Hoffentlich wirst du bald gesund. Takuya Okada*

„Findest du? Na ja ...“ Mir kam mein Gruß eigentlich nicht so schlimm vor. Natürlich, er war ein bisschen kurz. Man merkte wohl, dass ich ihn in drei Sekunden achtlos hingekritzelt hatte. Mamizu war offenbar so clever, das zu durchschauen. „Kann sein. Tut mir leid“, entschuldigte ich mich unumwunden, ohne weitere Ausflüchte zu machen.

Sie sah mich leicht erstaunt an.

„So schlimm, dass du dich entschuldigen musst, ist es auch wieder nicht.“

Sie hat eine seltsame Art zu sprechen, dachte ich.

„Wolltest du in Wahrheit gar nicht herkommen? Hat dich die Lehrerin dazu gezwungen?“

Es kam mir etwas taktlos vor, unverblümt zu sagen: „Eigentlich hätte Kayama herkommen sollen.“ Der Spruch „Die Umstände können eine Lüge rechtfertigen“ fiel mir ein.

„Nein, ich bin freiwillig hier.“

„Wirklich? Das freut mich!“, rief sie spürbar erleichtert. Bei aller offensichtlichen Intelligenz schien sie ein Mensch zu sein, dessen Gefühlsregungen leicht zu entziffern waren.

„Was ist das?“, fragte ich, um das Thema zu wechseln. Auf dem Nachttisch neben dem Bett stand eine kristallartige Glaskugel. Bei genauer Betrachtung konnte man ein winziges Haus darin erkennen, so etwas wie eine Blockhütte. Licht drang durch die kleinen Fenster und vermittelte den Eindruck von Leben dahinter.

„Ah, das ist meine Schneekugel. Die mag ich sehr.“ Sie legte die Karte beiseite. „Gib her“, sagte sie und streckte die flache Hand zu mir aus, auf der ich die Kugel platzierte. „Schau“, erklärte Mamizu, „da liegt Schnee drin.“

Tatsächlich, um das Häuschen im Inneren der Glaskugel herum lagen konfettiartige Schnipsel, die Schnee imitierten.

„Ah, verstehe.“

„Das ist noch nicht alles. Siehst du, wenn ich sie so schüttele ...“ Sie bewegte die Schneekugel heftig hin und her, worauf unter dem Glas die Schnipsel zu tanzen begannen. Durch irgendeinen Trick wirbelten sie in der ganzen Kugel herum und fielen sanft nieder.

„Na? Als würde es schneien, nicht wahr?" Ja, es wirkte wie richtiger Schnee. „Mein Vater hat sie mir vor langer Zeit mal geschenkt. Jetzt sehe ich ihn leider gar nicht mehr, darum bedeutet sie mir so viel." Also waren ihre Eltern tatsächlich geschieden. Ich traute mich allerdings nicht danach zu fragen. „Ich sehe gern zu, wie die Flocken tanzen und fange an zu träumen. Ich stelle mir vor, ich würde in einer schneereichen Gegend leben, wo im Winter alles weiß ist und der Atem kleine Wölkchen bildet. Meine Tage verbringe ich damit, im Lehnstuhl zu lesen, während ich mich am Kamin wärme. Es macht Spaß, mir das auszumalen."

In der Glaskugel schneite es immer noch. Mamizu redete weiter. Hatte ihr jemand zum Reden gefehlt?

Dieser Eindruck drängte sich mir auf, wie sie so sprach. Es war aber nicht unangenehm. Was sie erzählte, war nicht langweilig, ihre Art zu sprechen störte mich ebenfalls nicht. Als gegen Abend schließlich das Gespräch versiegte, beschloss ich heimzugehen.

„Sag mal", sprach sie mich an, als ich gehen wollte, „kommst du mich noch mal besuchen?"

Für einen Moment war ich perplex und wusste nicht, wie ich darauf reagieren sollte. Doch als ich ihren traurigen

Blick sah, brachte ich es nicht fertig, ihr zu sagen: „Nein, ich habe nicht vor, dich noch mal zu besuchen." Stattdessen antwortete ich vage: „Demnächst, okay?"

„Ich habe noch eine Bitte ..."

„Was denn?"

„Ich habe solche Lust auf Mandel-Schokosticks ...", druckste sie verschämt hervor.

„Schokosticks?"

„Weißt du, eigentlich soll ich ja nur Krankenhausessen haben. Meine Mutter ist sehr streng. Sie würde mir so was nie kaufen, wenn ich darum bitte. Und sonst habe ich niemanden, den ich fragen kann."

Sie sah mich mit flehendem Blick von unten an und fragte:

„Ist das zu viel verlangt?"

„Also gut, in Ordnung", erwiderte ich, ohne mir allzu große Gedanken zu machen und verließ den Raum.

3

„Na, wie war es bei Mamizu Watarase?“, wollte Kayama am nächsten Tag plötzlich wissen, als wir auf dem Heimweg von der Schule vor einem Supermarkt standen und Eis aßen. Er hatte mir das Eis spendiert, wohl als eine Art Aufwandsentschädigung.

Gedankenverloren schob ich das Eis im Mund herum, während ich mich an den vorigen Tag erinnerte.

„Sie ist wirklich ein schönes Mädchen“, sagte ich, obwohl er danach nicht gefragt hatte.

„Was ist mit ihrer Krankheit?“

„Tja, gute Frage ...“, gab ich von mir, auch wenn ich diese Ausdrucksweise bedenklich fand.

„Bist du mit ihr befreundet?“, fragte ich Kayama.

„Ich kenne sie von früher“, erwiderte er in unbestimmten Tonfall.

„Da fällt mir ein, weißt du eigentlich, ob ihre Eltern geschieden sind?“ Ich war etwas neugierig geworden.

„Glaub schon. Damals war ihr Familienname nämlich Fukami.“

Irgendwann hatten wir das Eis aufgegessen, also machten wir uns auf den Weg zum Bahnhof, wo wir in den Zug stiegen. Ich setzte mich auf den einzigen freien Platz, Kayama hielt sich nachlässig an einer Halteschlaufe fest und starrte träge durchs Fenster nach draußen.

„Ich habe noch eine Bitte“, sagte er. Vor den Glasscheiben rauschten grüne Bäume und Wohnsiedlungen vorbei. „Würdest du sie noch mal besuchen?“

„Wie bitte?!“

„Frag sie, wann sie wieder gesund wird.“

Was redet der Kerl da? Schon die Bitte, Mamizu noch mal zu besuchen, hatte mich verwirrt. Jetzt verstand ich gar nichts mehr.

„Frag sie doch selbst!“, blaffte ich gereizt zurück.

Unterdessen hatte der Zug Kayamas Bahnhof erreicht.

„Aber erzähl ihr bitte nichts von mir, ja?“, warf er mir zum Abschied noch zu, bevor er ausstieg, ohne sich noch einmal umzudrehen.

„Hey, warte! Was zur Hölle soll das heißen?!“, rief ich ihm hinterher, doch im nächsten Moment schloss mit lautem Zischen die Tür und der Zug setzte sich in Bewegung. – Ich wurde einfach nicht schlau aus dem Kerl.

Meine Haltestelle war noch ein Stück entfernt. Da ich seltsam müde war, machte ich die Augen zu und lehnte mich in den Sitz zurück. Es dauerte nicht lange, bis ich wegnickte. Als ich das nächste Mal zu mir kam, hatte der Zug die Endstation erreicht. Vor dem Bahnhof reihten sich inhabergeführte Buchläden und die Schilder altmodisch wirkender Cafés. Halbherzig gestutzte Bäume fügten etwas Grün hinzu. Eine idyllische Szenerie, die zu einer Provinzstadt am Ende der Bahnlinie passte.

Irgendwie kam mir der Anblick bekannt vor. Gleich darauf fiel es mir ein: Das war die Gegend, in der sich Mamizus Klinik befand.

Ich hatte meinen Ausstieg verschlafen und war sieben Haltestellen von daheim entfernt. Von der Durchsage „Dieser Zug endet hier“ vertrieben, stolperte ich auf den Bahnsteig hinaus. Dort fiel mein Blick auf einen Kiosk, der Schokosticks in der Auslage hatte. Auch Mamizus Wunschsorte mit Mandeln war darunter. Bevor ich merkte, was ich tat, hatte ich die ältliche Verkäuferin angesprochen und eine Packung verlangt. Ich steckte sie in meine Schultasche und ging zur Bahnsteigsperre. Wenn ich schon mal da war, konnte ich Mamizu die Schokosticks auch gleich vorbeibringen.

Sie war nicht in ihrem Krankenzimmer, als ich dort ankam, ihr Bett war leer.

„Das Mädchen ist gerade bei einer Untersuchung.“

Eilig wandte ich mich in die Richtung, aus der die Stimme gekommen war. Die freundliche ältere Dame, die im gleichen Zimmer lag, hatte zu mir gesprochen. Sie konnte mir zwar nicht sagen, wann Mamizu zurückkommen würde, doch ich beschloss zu warten.

Die Schneekugel stand immer noch auf dem Nachttisch. Ich nahm sie in die Hand und schüttelte sie so, wie Mamizu es tags zuvor getan hatte. Es begann in der

Kugel zu schneien. Fasziniert sah ich eine Weile zu, als verberge sich ein Geheimnis darin. Natürlich geschah nichts Ungewöhnliches, ganz gleich, wie lang ich zusah. Versuchsweise schüttelte ich die Schneekugel mit aller Kraft. In ihrem Inneren brach ein regelrechter Schneesturm aus. Davon angestachelt schüttelte ich sie immer weiter. Bis sie mir im nächsten Moment aus der Hand glitt. Sie fiel senkrecht herab und knallte auf den Boden des Krankenzimmers.

Es gab ein gewaltiges Klirren, das laut hallte.

So ein Mist!, schoss es mir durch den Kopf. Mir wurde schwarz vor Augen.

„Nanu? Takuya, du bist ja hier?!", vernahm ich Mamizus Stimme hinter mir.

Erschrocken drehte ich mich um. Sie hätte zu keinem schlechteren Zeitpunkt kommen können.

„Ah!"

Erst verspätet bemerkte sie die Glasscherben zu meinen Füßen. Die Trümmer der zerborstenen Schneekugel lagen über den Boden verteilt.

Ich konnte klar erkennen, wie sich ihre Miene verfinsterte.

„Alles in Ordnung, Takuya? Ist dir was passiert?", rief sie und eilte zu mir. Sie wirkte aufgebracht.

„Mir fehlt nichts, es ist nur ... Entschuldigung, es tut mir wirklich leid." Ich wusste nicht, was ich noch sagen sollte.

Mamizu streckte die Hand nach den Scherben aus. „Au!", entfuhr ihr ein kurzer Schrei. Anscheinend hatte sie sich in den Finger geschnitten. Kurz darauf quoll rote Flüssigkeit aus ihrer Haut hervor.

„Ganz ruhig", redete ich ihr hastig zu, „ich hole dir ein Pflaster. Bleib du einfach im Bett, ich räume das hier auf."

Wortlos setzte sie sich auf ihr Bett und lehnte sich an die Wand. Ich ließ mir im Stationszimmer ein Pflaster geben, das ich Mamizu aushändigte. Anschließend sammelte ich schweigend die Bruchstücke auf. Nachdem ich so gut wie möglich alles weggeräumt hatte, entsorgte ich die Glasscherben im Mülleimer auf dem Flur. Als ich zurückkehrte, hielt Mamizu das Innere der Schneekugel vor sich hoch und betrachtete es ausdruckslos.

Es war nur noch der Boden mit dem kleinen Haus übrig, auf das nun kein Schnee mehr fallen würde.

„Da kann man nichts machen. Alles, was greifbare Gestalt hat, geht irgendwann kaputt. Das ist mit Gegenständen wie mit Lebewesen." Mit diesen Worten stellte sie die traurigen Reste neben das Bett. „Vielleicht ist es besser so." Sie klang, als wolle sie ihre Gefühle unter Verschluss halten.

„Wie kannst du so was sagen?", fragte ich. Ich war doch derjenige, der die Kugel kaputt gemacht hat.

„Ich glaube, es stirbt sich leichter, wenn man nichts hat, woran das Herz hängt", lautete ihre seltsame Antwort.

„Sag, Takuya, was meinst du, wie lange ich noch zu leben habe?“

Woher sollte ich das wissen? Ehrlich gesagt hatte ich noch nie gehört, dass jemand mit der Leuchtkrankheit lang gelebt hätte. Andererseits wirkte sie zumindest äußerlich nicht wie ein Mensch, der unheilbar krank war. Ich gab das Grübeln auf und antwortete: „Keine Ahnung.“

„Meine Lebenserwartung beträgt null“, sagte Mamizu völlig ruhig. „Ich bin quasi ein Geist. Letztes Jahr um diese Zeit hieß es, ich hätte noch ein Jahr. Dann ging das Jahr einfach so vorbei. Eigentlich sollte ich schon tot sein. Dafür bin ich noch ziemlich lebendig, nicht wahr? Wie kommt das?“ Es war, als würde sie über einen anderen Menschen reden. Wieso sagte sie mir solche Sachen? Sie hatte mich gerade erst kennengelernt. „Ich frage mich, wann ich wohl sterbe“, sinnierte sie mit eigenartig heiterer Stimme.

Irgendwie wühlte mich das auf. Ich verstand selbst nicht richtig, warum mich das so erschütterte. *Was sind das für Gefühle?*, rätselte ich. Aber durch Nachdenken kam ich nicht dahinter.

Als ich wieder zu Hause war, beschäftigte Mamizu Watarase mich weiter. Ich legte mich vor den Hausaltar in der Ecke des Wohnzimmers und hing meinen Gedanken nach.

Ich verstand es nicht. Ich konnte einfach nicht begreifen, was in ihr vorging. So sehr ich mir auch das Hirn zermarterte, ich bekam keine Vorstellung davon. Sie war doch noch ein Teenager. Normalerweise verzweifeln Menschen, wenn sie sterben. Sie werden schwermütig, hoffnungslos und traurig. Wenn sie letztlich ihren Tod als unvermeidbares Schicksal akzeptieren, quält sie ein Gefühl der Hilflosigkeit. Sie versinken in Verwirrung. Sogar meinem über achtzigjährigen Großvater war es so gegangen, als er starb. Mamizu hingegen schien sich fast aufs Sterben zu freuen, wenn man sie so hörte. Wie kam das?

Weil mir gerade danach war, entzündete ich ein Räucherstäbchen und brachte die Schale aus dem Metall, dessen Namen ich nicht kannte, zum Klingen. Auf dem Hausaltar stand ein Bild meiner verstorbenen älteren Schwester in Schuluniform.

Meiko Okada, zum Zeitpunkt ihres Todes fünfzehn Jahre alt.

Als ich in der siebten Klasse war, wurde sie von einem Auto erfasst. Als ich daran dachte, fiel mir auf: Jetzt war ich auf einmal selbst in der zehnten Klasse, so wie Meiko damals. *Wie war das Sterben für sie gewesen? Was ging ihr als Letztes durch den Kopf?* Diese Gedanken kamen mir plötzlich.

Hallo, Meiko.

Ich habe ein Mädchen namens Mamizu Watarase kennengelernt. Sie wirkt sehr zart, doch sie scheint überhaupt keine Angst vor dem Sterben zu haben. Aber, weißt du ... Ich frage mich schon ... Sag, Meiko, wie war das bei dir damals?

So fragte ich im Stillen meine Schwester, doch ihr Bild gab mir keine Antwort. Wie hätte es auch anders sein können?

Als es Zeit wurde zu schlafen, ging ich in mein Zimmer und kroch zwischen die Laken. Doch ich fand in jener Nacht kaum Schlaf. Aus irgendeinem Grund schwebte Mamizu Watarases Gesicht vor meinem geistigen Auge und wollte einfach nicht verschwinden.

„Ich frage mich, wann ich wohl sterbe." Ihre Stimme wiederholte sich in Endlosschleife in meinem Hirn, wie der Refrain eines Lieblingssongs oder der Ohrwurm aus irgendeinem Werbespot.

Als ich am nächsten Morgen in der Schule meine Tasche öffnete, fiel mir die Packung Schokosticks entgegen.

Was mache ich damit?, überlegte ich. Bei allem, was passiert war, hatte ich ganz vergessen, ihr die Schachtel zu geben. Nachdem ich eine Weile hin und her überlegt hatte, fasste ich schließlich den Entschluss, auf dem Heimweg von der Schule noch einmal bei Mamizu im Krankenhaus vorbeizugehen, um ihr die Schokosticks zu bringen.

Ich fragte mich, ob ich Mamizu nicht zur Last fiel, wenn ich Tag für Tag bei ihr aufkreuzte. Vielleicht wollte sie mich auch nie wieder sehen, nachdem ich ihre geliebte Schneekugel kaputt gemacht hatte. Wenn ich darüber nachdachte, war mir das Ganze doch unangenehm. Es wäre mir lieber gewesen, wenn sie in dem Moment sauer geworden wäre. Wäre sie einfach ausgeflippt und hätte ihren Ärger an mir ausgelassen, wäre das eine Erleichterung für mich gewesen. Aber so baute sich in meinen Eingeweiden ein verkrampftes Gefühl auf.

Warum zog es mich trotzdem zu ihr, obwohl ich so empfand? Das wunderte mich selbst. Wie kam das nur? Vielleicht ... nein, ganz bestimmt, weil sie mich an Meiko erinnerte. Nicht, dass die beiden sich ähnlich gesehen hätten. Auch charakterlich waren sie ziemlich verschieden. Aber dennoch gab es da eine gewisse Ähnlichkeit, die ich nicht gut in Worte fassen konnte. Der Begriff „Ausstrahlung" traf es wohl am besten.

Mamizu Watarase ähnelte in einer bestimmten Art und Weise meiner Schwester Meiko, wie sie damals gewesen war. Es gab etwas, das ich am Tod meiner Schwester nie verstanden hatte. Ich hatte die Hoffnung, in Mamizus Nähe könnte ich es eventuell eines Tages begreifen.

Ich blieb kurz vor dem Krankenzimmer stehen und holte einmal gründlich Luft. Ich atmete tief und lang ein, dann ganz langsam wieder aus. Schließlich fasste ich mir ein Herz und ging hinein.

Wie bei meinem ersten Besuch war Mamizu im hintersten Bett des Zimmers. Ich sah, dass sie etwas in ein Heft notierte, ein nagelneues Notizbuch im B5-Format. Das Heft hatte sie auf einem länglichen, mit Rollen versehenen Nachtschrank ausgebreitet und schrieb mit Feuereifer hinein. Ich wagte es kaum, sie anzusprechen, weil ihr Profil so konzentriert wirkte. Einen Augenblick zögerte ich. Da musste sie meine Gegenwart wohl bemerkt haben, denn sie sah hoch und in meine Richtung.

„Sag doch was, wenn du reinkommst!", rief sie mir verwundert zu.

„Was schreibst du da?"

Sie wirkte ganz normal. Das bange Gefühl, sie könnte bei der leisesten Berührung zusammenbrechen, das ich gestern beim Abschied noch gehabt hatte, war plötzlich verschwunden. Dennoch – oder vielleicht genau deswegen – kam sie mir etwas distanziert vor.

„Das ist geheim." Sie hob das Heft mit dem Rücken zu mir hoch, damit ich nicht hineinsehen konnte.

„Schon verstanden."

Es war sicher ein Tagebuch oder etwas in der Art. Ich schenkte der Sache keine besondere Beachtung, sondern legte ihr stattdessen die Packung Schokosticks auf den Tisch.

„Oh, sogar die mit den Mandeln!", jubelte sie mit leuchtenden Augen, während sie danach griff. „Darf ich sie essen?", fragte sie mich. Nachdem ich zustimmend genickt hatte, öffnete sie feinsäuberlich die Verpackung und biss mit genüsslichem Knacken auf eins der in Mandelschokolade getunkten Gebäckstäbchen. „Die schmecken noch besser als die normalen", lachte sie gutgelaunt.

Ich fragte mich, worüber sie so glücklich war. „Also gut, ich verrate dir etwas."

Einen Moment war ich orientierungslos, bis mir klar wurde: Es ging um das Heft.

„Ich mache eine Liste der Dinge, die ich vor meinem Tod noch tun möchte."

Das kam mir irgendwie bekannt vor.

Vor dem Tod blickte man auf sein Leben zurück, um am Ende die Dinge zu erledigen, die man ungetan gelassen hatte. Oder man wollte sich einen lang gehegten Herzenswünsch erfüllen. So was kam nicht selten vor. Es ging dabei um emotionale Wiedersehen mit Menschen aus der Vergangenheit, das Treffen mit einem Prominenten oder ähnliche Dinge.

„Bei der Untersuchung neulich habe ich den Arzt gefragt, wie lange ich noch zu leben habe. Darauf guckt er ganz kritisch und meint, das könne er nicht genau sagen, aber so ein halbes Jahr dürfte ich schon noch haben. Was für ein Quacksalber! Wie denkt der denn über das Leben eines Menschen? Na, jedenfalls kam mir da der Gedanke, dass ich meine restliche Zeit möglichst sinnvoll nutzen will", ratterte Mamizu in einem einzigen Atemzug runter. Dann verzog sie leicht das Gesicht. „Aber das wird wohl nichts."

„Warum?"

„Na, ich kann doch nicht raus! Mein Zustand ist schlecht. Ich habe striktes Ausgehverbot. Das wurde mir streng eingeschärft."

In dem Moment kam mir eine Idee. Es war alles andere als ein lobenswerter Gedanke. Ich wollte einfach nur wissen, was in dem Heft stand. Aus irgendeinem Grund war ich furchtbar neugierig: Was wollte Mamizu Watarase vor ihrem Tod noch machen?

„Kann ich dir dabei helfen?", rutschte es mir raus.

Sie blickte überrascht zu mir.

„Wieso?"

„Ich habe deine Schneekugel zerbrochen, das möchte ich irgendwie gutmachen. Ich weiß, dass ich es nicht ungeschehen machen kann, aber ich habe das Gefühl, eine bloße Entschuldigung ist nicht genug. Das kommt mir irgendwie billig vor. Ich weiß nicht, wie ich es sagen soll ... Egal was. Ich mache alles, was mir möglich ist."

„Wirklich?" Nach einer kurzen Pause öffnete sie wieder den Mund. „Du würdest wirklich alles tun?" Ihre

Stimme war einen Halbton hochgegangen, als würde sie mich auf die Probe stellen.

„Ja, versprochen!", rief ich energisch.

Sie starrte mich an. Dann riss sie plötzlich die Augen weit auf.

„Ah!", stieß sie kurz hervor. „Da kommt mir eine tolle Idee."

Ich fragte mich, was in ihrem Hirn vorging, so schnell wie ihre Stimmung wechselte. Ihr kritischer Gesichtsausdruck hatte sich schlagartig aufgeklart, als wäre die Sonne durch die Wolken gebrochen.

„Willst du sie hören?"

In dem Moment beschlich mich eine seltsame Vorahnung. Ich hatte das Gefühl, wenn ich ihr noch weiter zuhörte, gäbe es kein Zurück mehr. Dennoch, von ihrem Blick motiviert, antwortete ich schlicht: „Was kann ich für dich tun?"

Und so begann die sonderbare Beziehung zwischen Mamizu Watarase und mir.

4

„Ich habe mir überlegt, dich Folgendes machen zu lassen“, eröffnete sie mir mit leicht verlegenem Grinsen. Ihr Lächeln hatte etwas Kindliches.

„Hä ...?“ Ihre Worte waren noch nicht ganz zu mir durchgedrungen.

„Ich wünsche mir, dass du an meiner Stelle die Dinge tust, die ich vor meinem Tod noch gerne erleben würde. Danach kommst du her und erzählst mir, wie es war.“

„Das ist doch verrückt ...“, sagte ich entgeistert. In meinem Kopf schwirrten hundert Fragezeichen umher.

Außerdem, welchen Sinn sollte das haben? Wenn ich zusehen müsste, wie ein anderer Mensch an meiner Stelle die Dinge macht, die ich gerne tun würde, würde mich das einfach nur ankotzen. Mamizu schien jedoch nicht so zu denken.

„Was soll ich machen? Ich kann ja nicht raus, auch wenn ich gerne würde. Anders geht es eben nicht. Das ist doch eine gute Idee, oder?“

Sie klang, als würde sie versuchen, sich selbst zu überzeugen. In Wahrheit wollte sie diese Dinge selbst tun, das war sicher der ursprüngliche Gedanke gewesen. Doch die Umstände ließen das nicht zu, insofern waren ihre Überlegungen durchaus nachvollziehbar.

„Na, jedenfalls ist mir jetzt klar, worum es geht. Ich soll das machen, was du gerne tun würdest. Also, schieß los“, forderte ich sie auf, selbst noch etwas verwirrt, da mir ihre Worte im Kopf herumgingen.

„Also, hör zu“, begann sie mir einem Lächeln. Sie schien über irgendetwas glücklich zu sein. „Es ist sicher keine gute Idee, mit etwas Schwierigem anzufangen. Lieber erst mal was Einfaches. Was nehmen wir denn da ...?“ Mit diesen Worten öffnete sie ihr Notizheft, um es mit ernstem Blick zu studieren. Plötzlich breitete sich ein Lächeln über ihr Gesicht aus. „Ich glaube, ich weiß was!“, rief sie.

Ehrlich gesagt hatte ich ein mieses Gefühl bei der Sache.

„Ich wollte vor meinem Tod unbedingt mal in einen Freizeitpark.“ Sie erzählte, sie sei nur als Kleinkind einmal mit ihren Eltern an so einem Ort gewesen. Jetzt würde es sie interessieren, wie ein Vergnügungspark heute auf sie wirkte, wo sie mehr von der Welt verstand.

Eigentlich hatte ich etwas Großartigeres erwartet, schließlich sollte es etwas sein, das sie vor ihrem Tod unbedingt noch tun wollte. Ich hatte mich auf einen großen, unerfüllten Zukunftstraum eingestellt. Dagegen war ihr Wunsch von geradezu kleinbürgerlicher Bescheidenheit. Meine erste Reaktion war leichte Enttäuschung.

„Hä? Das heißt ...“, stammelte ich fassungslos, als mir klar wurde, was ich tun sollte.

„Genau, du gehst an meiner Stelle in einen Freizeitpark, Takuya."

„Halt, warte mal! Da ist nicht dein Ernst, oder?"

„Doch, das ist es", erwiderte sie ohne Scheu mit einem schelmischen Lächeln.

Und so fand ich mich eine Woche später in einem bekannten Freizeitpark außerhalb unserer Präfektur wieder. Natürlich alleine. Wie traurig war das denn, wenn ein Typ in meinem Alter allein in einen Vergnügungspark gehen musste? Solche Orte waren für Familien und Paare. Keine Frage, niemand kam hier allein her. Noch dazu war die Golden Week*, wo praktisch das ganze Land frei hatte. So weit das Auge reichte, drängelten sich Menschenmassen. Menschen, Menschen, nichts als Menschen. Wie zu erwarten alle in Gruppen, als Paare, Familien oder Freunde. Selbstverständlich konnte ich niemanden entdecken, der wie ich allein da war.

Ein Mann, der allein in einen Vergnügungspark ging, konnte nicht ganz normal sein. Entweder war er ein totaler Freizeitpark-Freak oder er hatte ein paar Schrauben locker. Keins von beidem war bei mir der Fall. Ich war definitiv kein Fan solcher Vergnügungsparks und ich hoffte ganz stark, geistig noch gesund zu sein.

* In die Golden Week (Ende April / Anfang Mai) fallen vier landesweite Feiertage, weshalb sie eine beliebte Urlaubszeit ist.,

Ich fiel tatsächlich auf wie ein bunter Hund. Kein Wunder. Ich zog mehr Aufmerksamkeit auf mich, als irgendein Promi das gekonnt hätte, das ließ sich ohne Übertreibung sagen. Immer wieder spähten Menschen im Vorbeigehen neugierig in mein grimmiges Gesicht. Gelegentlich erntete ich auch ein unverhohlen höhnisches Grinsen oder wurde von Jugendlichen ausgelacht, die mit dem Finger auf mich zeigten. Ich erregte eindeutig Aufsehen.

„Ich bin nicht verrückt!", wollte ich am liebsten durch ein Megaphon brüllen. Doch woher bekam man in einem Freizeitpark so ein Gerät? Sollte ich einfach jemanden fragen? „Entschuldigung, wissen Sie, wo man hier ein Megaphon kaufen kann?" – „Warten Sie!" – „Nein, ich bin völlig harmlos!" – „Ich bin kein Spinner!" – „Laufen Sie doch nicht weg!"

Aber ich hatte ein Programm durchzuziehen. Schließlich war ich nicht nur zum Vergnügen hier. Sicher, ich war in einem Vergnügungspark, aber für mich war das kein gewöhnlicher Ausflug.

Mein erstes Ziel war die Achterbahn. Schlecht gelaunt kaufte ich eine Karte und stellte mich in die Schlange. Es hieß, man müsse eine Stunde warten. *Verdammt, ich will nach Hause.* Ich hatte schon jetzt die Schnauze voll. Ich hasste solche wilden Fahrgeschäfte nämlich. Als Kind war ich einmal mit so was gefahren und das hatte mir gereicht.

Ich konnte keinen Sinn darin erkennen. Was sollte daran Spaß machen, in einen offenen Wagen zu steigen, um sich mit irrer Geschwindigkeit kreuz und quer durch die Gegend schleudern zu lassen? Das begriff ich einfach nicht. Es war nicht so, dass ich Angst hatte. Nein, das auf keinen Fall, nur ... Wie auch immer, jedenfalls konnte ich gut darauf verzichten, mit so einem Ding zu fahren.

☽

Keine zehn Pferde ziehen mich je wieder in so was rein!, schwor ich mir. Das war das schlimmste Fahrgeschäft in der Geschichte der Menschheit. Mit wackligen Beinen entstieg ich der Achterbahn und torkelte unsäglich erschöpft weiter. Mein Magen war in Aufruhr. Ich fürchtete schon, meinem Frühstückstoast wiederzubegegnen, so speiübel war mir. Meine Stimmung war auf dem absoluten Tiefpunkt.

Doch ich hatte noch etwas zu erledigen. Ich machte mich zu dem Lokal auf, das ich für Mamizu besuchen sollte. Es handelte sich um ein Café auf dem Parkgelände, das hauptsächlich Süßes führte. Nachdem ich eine halbe Stunde angestanden hatte, kam ich endlich rein. So wie es aussah, verbrachte man in diesem Park mehr Zeit in der Schlange als mit den eigentlichen Vergnügungen. Fünfundneunzig Prozent der Leute, die anstanden, waren

Pärchen. Es war ein Café mit süßlich-romantischer Atmosphäre.

Drinnen wuselten geschäftig zahlreiche Bedienungen in freizügigen Uniformen mit tiefem Ausschnitt herum. Diese Uniformen galten als eine der beiden Hauptattraktionen des Lokals, Fans konnten angeblich nicht genug davon bekommen. Ich war jedoch kein Fan, sondern interessierte mich ehrlich gesagt überhaupt nicht dafür. Eine der Bedienungen brachte mir eine Speisekarte. Ohne einen Blick darauf zu werfen, spuckte ich meine Bestellung aus: „Einen Erste-Liebe-Eisbecher für Verliebte, bitte."

Rumorend stieg der Geräuschpegel im Lokal an. Es wurde so laut, dass ich am liebsten dazwischenrufen wollte: „Was freut ihr euch denn alle so?" Hier saß ein einzelner Typ in einem Café voller Pärchen und bestellte einen Erste-Liebe-Eisbecher. Der Eisbecher war die andere Hauptattraktion des Lokals.

„Was ist das denn?"

„Komischer Typ."

„Echt abartig."

Alle tuschelten über mich, das war mir klar. Ich sah zur Decke hoch und schloss die Augen. Ich versuchte, mein Bewusstsein so gut wie möglich abzuschalten. Was hatte ich getan, um das zu verdienen? *Ich will hier weg. Ich will hier weg. Ich will hier weg.* Während ich diesen Satz in meinem Kopf ständig wiederholte, kam der besagte Eisbecher. Es war eine riesige Menge Eis, üppig mit Erdbeersoße übergossen. Zahlreiche Waffeln steckten darin, um das Ganze aufzupeppen. In der Mitte thronte ein herzförmiges Stück Schokolade.

Der Becher sah nach einer Portion für zwei bis drei Leute aus. Das sollte ich ganz allein essen …?

Ich hörte das Klicken einer Handykamera. Überrascht drehte ich mich um, um zu sehen was los war. Das Pärchen hinter mir hatte ein Sensationsfoto von mir gemacht. Ich starrte die beiden schweigend an, allerdings nicht besonders einschüchternd. *Verdammt! So ein Scheiß!*, fuhr es mir durch den Kopf. Trotzdem hielt auch ich den Eisbecher auf einem Foto fest. Das gute Stück kostete übrigens eintausendfünfhundert Yen*, der reinste Wucher! Weil es schade darum gewesen wäre, verputzte ich, unter anhaltendem Getuschel und Gekicher um mich herum, schließlich das ganze Eis.

„Mann, Takuya, du bist echt klasse! Mir tut schon der Bauch weh!"

Mamizu platzte fast vor Lachen, als ich ihr das Foto des Eisbechers zeigte und dazu meine Erlebnisse aus dem

* 1500 Yen sind etwa 12 Euro. (Stand Anf. 2020)

Freizeitpark schilderte. So lauthals wie sie lachte, fragte ich mich, ob sich die anderen Personen in dem Mehrbettzimmer nicht gestört fühlten.

„Und? Und? Wie ging es nach dem Erste-Liebe-Eisbecher weiter?"

„Ich wurde im Spukhaus von Gespenstern in Panik versetzt, auf dem Karussell von Kindern erschreckt und im Riesenrad von Pärchen mit angewiderten Blicken bedacht. Dann bin ich gegangen.", zählte ich überdrüssig auf.

„Und wie war es? Hat's Spaß gemacht?"

„Es war grauenvoll. Ich habe mir sehnlichst gewünscht, eine Atomrakete würde in den Park einschlagen."

Aus irgendeinem Grund lösten meine Worte bei Mamizu wieder eine schallende Lachsalve aus. Ich war überrascht, wie freiheraus sie lachen konnte.

„Verstehe, verstehe. Jedenfalls Danke. Ein Freizeitpark ist wohl nichts, wo man allein hingeht."

„Na hör mal ...", setzte ich an, um zu sagen, das sei ihr sicher vorher schon bewusst gewesen. Doch bevor ich dazu kam, machte Mamizu den Mund auf.

„Gut, kommen wir zu meinem nächsten Wunsch." Mit diesen Worten schaltete sie den Fernseher ein. Zu jedem Bett des Zimmers gehörte ein eigener Apparat, ich hatte Mamizu ihn jedoch noch nie benutzen gesehen. Sie wechselte eine Weile zwischen den Kanälen hin und her, bis sie bei einer Nachrichtensendung hängenblieb. „Da! Das ist es!", rief sie aufgeregt auf den Bildschirm zeigend.

Es ging um das neue Modell eines Smartphones. Es hieß, jedes Jahr würden sich am Erstverkaufstag lange Schlangen bilden, um eins der begehrten Exemplare zu ergattern. Am Wochenende sollte Verkaufsstart sein.

„Ich wollte schon immer mal eine Nacht lang Schlange stehen."

Ich beschloss, sie zu ignorieren und nach Hause zu gehen.

„Halt! Warte doch, Takuya!"

„Nein, da mache ich nicht mit!"

„Sieh doch", sagte Mamizu und holte aus der Schublade ihres Nachtkästchens ein Mobiltelefon heraus. Es war ein abgegriffenes altes Klapphandy, dessen weiße Farbe allmählich in Elfenbein überging. „Ich habe noch so ein vorsintflutliches Teil! Das habe ich schon fast vier Jahre. Es ist noch aus der Zeit, bevor ich in die Klinik kam. Tue ich dir da nicht leid?"

Es stimmte natürlich. Leute, die heutzutage noch so ein altmodisches Retroteil hatten, konnte man mit der Lupe suchen.

„Ich wollte unbedingt noch ein Smartphone benutzen, bevor ich sterbe."

„Aber die Dinger sind ziemlich teuer. Hast du die Kohle dafür?"

„Tadaaa!", rief sie triumphierend und kramte aus einer anderen Schublade ein Sparbuch hervor.

„Was ist das?"

„Ich habe mein Neujahrsgeld zusammengespart."

Ich war baff, dass jemand das tatsächlich machte.

„Ich bekomme jedes Jahr was von Oma, Opa und anderen Verwandten. Aber hier drin habe ich ja noch weniger Möglichkeiten zum Geldausgeben als im Gefängnis, darum habe ich immer alles angelegt." Mamizu gab mir das Sparbuch. Es war wirklich eine ordentliche Summe drauf.

„Nimm das. Ich gebe dir auch meine Geheimnummer dazu." Sie reichte mir noch eine Geldkarte.

„Moment mal!", rief ich. Das wurde mir jetzt doch etwas zu viel. „Du kannst doch nicht einfach jemandem deine Geheimnummer verraten."

„Warum nicht?" Mamizu neigte mit verblüffter Miene den Kopf leicht zur Seite.

„Na, die könnte doch missbraucht werden."

„Würdest du sie denn missbrauchen?"

„Also echt ..." Auch wenn ich das nicht so sagen konnte, hatte ich das Gefühl, dass sie mich mit voller Absicht provozierte.

„Bei dir muss ich mir doch wohl keine Sorgen machen." Und mit dieser unbegründeten Behauptung drückte sie mir das Sparbuch in die Hand.

Als ich spät in der Nacht aus dem Haus schleichen wollte, wurde ich von meiner Mutter ertappt.

„Wohin willst du so spät noch? Triffst du dich mit jemandem?“ Sie sah mich misstrauisch an. Ich hatte keine Lust auf Erklärungen. Es ging auf Mitternacht zu, ich wollte noch die letzte Bahn erwischen.

„Nur ein bisschen an die frische Luft.“

„Das sagte Meiko an jenem Tag auch, bevor sie ging.“ Meine Mutter starrte mich mit übertrieben ernstem Gesichtsausdruck an. „Takuya, du wirst doch nicht sterben, oder?“ Es war nicht das erste Mal, dass meine Mutter so etwas Verrücktes sagte.

„Natürlich nicht“, erwiderte ich entnervt.

„Weißt du, wenn du auch so merkwürdig sterben würdest, ich wüsste nicht, was ich ...“

Mir riss der Geduldsfaden. „Das mit Meiko war ein ganz gewöhnlicher Verkehrsunfall!“

„Aber“, setzte meine Mutter an, doch ich wollte nichts mehr hören.

„Mir passiert schon nichts.“ Das wurde mir jetzt echt lästig. Ich brach das Gespräch ab und ging nach draußen.

Ich nahm die Bahn, um mich wie von Mamizu gewünscht für das Smartphone anzustellen. Selbst im Frühjahr war es eine kalte Angelegenheit, nachts anzustehen. Auf dem Pflaster der Einkaufsstraße hatte sich bereits eine lange Schlange gebildet. Es gab wohl eine Menge Leute, die viel Zeit hatten. Schlotternd wartete ich allein bis zum Morgen. Da ich nichts anderes zu tun hatte, ließ ich mir das Verhalten meiner Mutter seit Meikos Tod durch den Kopf gehen.

Seit meine Schwester tot war, lebte meine Mutter aus irgendeinem Grund in ständiger Sorge, ich könnte auch sterben, was mitunter seltsame Blüten trieb.

„Geh nicht zur Schule, heute ist ein Taifun angesagt." Nach dem Grund dafür gefragt, erwiderte sie allen Ernstes: „Was, wenn du von einem vom Wind weggewehten Werbeschild erschlagen wirst?" Oder sie meinte, ein auf nasser Straße ins Schleudern geratenes Auto könnte mich überfahren. *Mensch, Mutter, verschone mich!*, dachte ich nur.

Mit großem Eifer sah meine Mutter Vorzeichen des Todes in den banalsten Dingen des Alltags:

„Was, wenn du im Sommer rohen Fisch isst und an einer Lebensmittelvergiftung stirbst?"

„Du könntest in der Badewanne ausrutschen und ertrinken!"

„Was, wenn du dir beim Judo das Genick brichst?"

„Wenn du schwarze Kleidung trägst, wirst du noch an einem Wespenstich sterben."

Eine Weile lang ging sie sogar zu einem windigen Geistheiler. Ich musste mitkommen. Sie suchte ihn auf, weil ein halbes Jahr vor Meikos Tod deren damaliger Freund ebenfalls bei einem Verkehrsunfall ums Leben gekommen war. Offenbar war meine Mutter daher ernsthaft überzeugt, von einem bösen Geist verfolgt zu werden. Nachdem man ihr eingeredet hatte, sie sei vom Geist eines ungeborenen Kindes besessen, glaubte sie eine Zeit lang sogar daran, obwohl sie nie eine Fehlgeburt oder Abtreibung gehabt hatte. Kurz gesagt: Meine Mutter war seelisch nicht ganz gesund.

Aus diesem Grund schickte sie mich damals auch zur psychologischen Beratung. Nach Meikos Tod war ich auch ziemlich niedergeschlagen. Anscheinend machte meine Mutter sich deshalb Sorgen. Sie fürchtete, ich könnte an gebrochenem Herzen sterben.

„Hast du dir schon mal gewünscht tot zu sein?"

„Schläfst du gut?"

„Leidest du unter Appetitmangel?"

„Bedrückt dich im Moment etwas?"

Ich antwortete stets: „Es ist alles in Ordnung." Zumindest in diesen Momenten gab ich mir bewusst Mühe, fröhlich zu wirken.

„Mir fehlt nichts."

„Es ist alles wie immer."

„Es gibt keinerlei Probleme."

Dank dessen wurde mir Unbedenklichkeit bescheinigt, doch meine Mutter hatte immer noch Zweifel. Sie dachte ständig, ich könnte irgendwann sterben.

Es stimmt, nach dem Tod meiner Schwester wurde ich etwas zurückhaltender. Ich erinnere mich, in der Zeit direkt danach nicht viel mit meiner Familie gesprochen zu haben. Aber war das nicht normal? Es wäre doch seltsamer gewesen, wenn ich nach Meikos Tod mehr gelacht hätte als vorher. Ich hätte es jedenfalls vorgezogen, wenn meine Mutter einen Therapeuten besucht hätte, statt mich hinzuschicken.

Mamizu reagierte übertrieben freudig, als ich ihr das frisch erstandene Smartphone brachte.

„Toll! Endlich gehöre ich auch zur modernen Zivilisation."

Eigentlich wollte ich ihr vor der Übergabe noch verärgert klarmachen, wie anstrengend es gewesen war, die ganze Nacht anzustehen, doch während ich sprach, fing Mamizu schon an, die Verpackung zu öffnen.

„Was, ging es dir gar nicht ums nächtliche Schlangestehen? Wolltest du einfach nur ein Smartphone?"

„Nein, so ist das nicht", erwiderte sie lächelnd.

Sie nahm das Gerät heraus und hielt es mit einem entzückten „Oh!" bewundernd hoch. Ihre Augen glänzten. „Jetzt kann ich leichter mit dir Kontakt aufnehmen."

Ich war wie vor den Kopf gestoßen, als sie das so glücklich sagte. Danach zeigte ich ihr auf ihren Wunsch noch die grundlegenden Funktionen, außerdem speicherte ich meine Nummer ein.

Einige Tage später war der Handyvertrag, um den Mami-zu ihre Mutter gebeten hatte, unter Dach und Fach. Sie schickte mir eine Nachricht, sobald sie ins Internet kam.

Danke.

Das war alles. Vielleicht hatte sie sich nicht getraut, mir persönlich zu danken. Ich antwortete umgehend:

Gern geschehen.

In der Schule kam Kayama in der Mittagspause aus irgendeinem Grund mit einem Brettspiel an und schlug vor, beim Essen eine Partie zu spielen. Bevor ich Nein sagen konnte, hatte er schon das Pult meines Vordermanns mit meinem zusammengeschoben und breitete darauf das Spielbrett sowie sein Lunchpaket aus.

Es blieb mir nichts anderes übrig, als für ihn den Spielgegner abzugeben, während ich mein mitgebrachtes Brot aß.

„Okada, wann warst du das erste Mal verliebt?“, fragte Kayama unvermittelt zwischen zwei Zügen.

„Grundschule, vierte Klasse. In das Mädchen, das neben mir saß."

„Ich in der sechsten Klasse der Grundschule. Was wurde bei dir draus?"

Ich konnte mich kaum noch an ihr Gesicht erinnern. Ich hatte keine Ahnung, wo sie jetzt war und was sie machte.

„Ach, ich verlor einfach das Interesse." Ich hatte nicht versucht, ihr näherzukommen oder gar meine Gefühle zu gestehen. Mit dem Klassenwechsel endete unsere Verbindung und meine leichte Verliebtheit verflüchtigte sich wie von selbst. Aber ich schätzte, so lief es für die meisten Menschen mit der ersten Liebe.

„Weißt du, ich glaube, die unbedeutenden Dinge ändern sich nicht groß. So was wie das Lieblingsessen, die Art, wie man isst oder wie viele Papiertaschentücher man zum Naseputzen verwendet", fuhr Kayama fort, indem er erstaunlich geschickt die Beilagen der Lunchbox mit den Stäbchen in seinen Mund beförderte.

„Du nimmst ein Papiertuch?"

„Nein, zwei."

Kayama hatte die Ecke erobert. Meine weißen Spielsteine wurden alle umgedreht.

„Aber ich habe den Eindruck, große Gefühle können so schnell umschlagen wie das Glück beim Würfeln", meinte Kayama kryptisch. „Nur hasse ich das richtig."

So redete er manchmal. Ich hatte keinen Schimmer, was er mir damit sagen wollte.

„Übrigens, ich war neulich bei Mamizu Watarase, wie du es wolltest."

In dem Moment, als ich das sagte, stockte Kayamas Hand mit den Stäbchen kurz in der Luft. Dann sah er mir forschend ins Gesicht.

„Was ist?"

„Und ...?"

„Na ja, sie sieht relativ fit aus. Ich weiß nichts Genaues, aber es scheint jedenfalls nicht so, als würde sie in Kürze sterben."

Ich überlegte, ob ich noch mehr erklären sollte, ließ es dann aber. Ich hätte ihm von meinen häufigen Besuchen bei Mamizu erzählen können oder von ihrer Liste der Dinge, die sie vor ihrem Tod noch tun wollte, war mir jedoch nicht sicher, ob es richtig wäre, das ohne ihre Zustimmung auszuplaudern.

Außerdem war ich sauer auf Kayama, weil er mit seinen wahren Motiven, mich zu Mamizu zu schicken, weiter hinter dem Berg hielt. Ich fühlte mich nicht verpflichtet, ihm Auskunft zu geben. Vor allem war es mir einfach zu lästig, ihm diese etwas schwierige Geschichte zu erklären.

„Möchtest du etwas von ihr wissen, Kayama?"

„Vielleicht ihre Maße. Taille, Oberweite und so."

„Frag sie doch selbst."

Auf dem Spielbrett sah es nach einem Sieg für Kayama aus. Obwohl er selbst damit angefangen hatte, schien er auf halber Strecke das Interesse am Spiel verloren zu haben. Er stand auf, bevor die Partie zu Ende war.

„Solltest du sie nicht besuchen?", rief ich ihm im Fortgehen hinterher.

„Im Moment nicht", antwortete er nach einer kurzen Denkpause. „Bei mir herrscht nicht gerade Frauenmangel", fügte er hinzu.

„Wolltest du dich etwa an sie ranmachen?", fragte ich lachend.

Ich meinte das als Witz, doch von Kayama kam keine scherzhafte Erwiderung. Er sah mich eine Weile schweigend an, dann ging er ohne ein weiteres Wort an seinen Platz zurück.

Ich wunderte mich mehr und mehr, was das sollte.

5

Mamizus Mutter, Ritsu Watarase, war eine ziemlich streng wirkende Person. Sie strahlte eine gewisse Anspannung aus, gleichzeitig auch große Erschöpfung. Mit ihren ebenmäßigen Gesichtszügen war sie vermutlich früher einmal schön gewesen. Nun jedoch, völlig ungeschminkt, wirkte sie vorzeitig gealtert, obwohl sie sicher erst in den Vierzigern war.

„Ah, du bist heute auch wieder da."

Es war unsere zweite Begegnung. Ihre Worte waren freundlich, doch ihr Audruck war eigentümlich scharf. Frau Watarase sprach mich nie mit meinem Namen an, für sie war ich immer nur „du". Ich hatte den Eindruck, sie wusste nicht recht, was sie davon halten sollte, dass ich plötzlich angefangen hatte, ihre Tochter so oft im Krankenhaus zu besuchen. Besonders angenehm war es ihr wohl nicht.

„Gut, ich mache mich jetzt auf. Und du bleibst schön ruhig im Bett liegen", ermahnte sie Mamizu. Mit diesen Worten verließ sie das Krankenzimmer.

„Ist was, Takuya? Du wirkst heute so bedrückt." Mamizu blickte mich leicht besorgt an. „Fehlt dir etwas? Geht es dir nicht gut?"

„Ach, es ist keine große Sache ..."

„Was ist passiert?“

„Meine Kopfhörer sind kaputt.“

Ich nahm die Kopfhörer aus meiner Tasche und zeigte sie Mamizu. Sie hatten sich im Zweig eines Baums verfangen, als ich auf dem Weg in Krankenhaus Musik hörte. Jetzt funktionierte nur noch einer der beiden Ohrhörer.

„Waren sie teuer?“

„Eigentlich nicht ...“

Sie waren jedoch ein Geburtstagsgeschenk von Meiko gewesen, deshalb hatte ich mich erschreckt. Sie hatte sie mir von ihrem ersten selbstverdienten Geld gekauft, als sie in der Oberschule einen Schülerjob hatte. Mamizu nahm die Kopfhörer in die Hand und betrachtete sie eine Weile. Dann blitzte in ihrem Gesicht ein Ausdruck auf, als hätte sie einen diebischen Plan. Sie sah mich an.

„Hör mal, Takuya ...“

„Was ist?“ Ich machte mich schon wieder aufs Schlimmste gefasst.

„Wollen wir etwas Verbotenes tun?“

Das Verbotene, das Mamizu im Sinn hatte, war ein Gang zum Klinikshop im Erdgeschoss. Offenbar durfte sie das Bett prinzipiell nicht verlassen. Mamizu meinte jedoch beschwichtigend, dass man uns schon nicht den Kopf abreißen würde, falls wir erwischt würden.

Ich ging vor, um nachzusehen, ob die Luft im Flur rein war. Hätte uns jemand von den Ärzten oder vom

Pflegepersonal entdeckt, wäre es aus gewesen. Vorsichtig schlichen wir den Korridor entlang, in Richtung Treppenhaus. Der Aufzug kam nicht infrage, weil dort die Gefahr, jemandem zu begegnen, zu groß war. Sich am Handlauf festhaltend, tappte Mamizu unsicher die Treppe hinunter.

„Schaffst du das?“

„Mach dich nicht über mich lustig! Ich bin doch keine alte Oma.“

Wir kamen im Erdgeschoss an und erreichten ohne Zwischenfälle den Laden. Ich blieb am Eingang stehen, um Ausschau zu halten, damit uns niemand entdeckte.

Nach einem kurzen Moment hörte ich Mamizu leise ausrufen: „Ah, ich habe sie gefunden!“

Als ich mich umdrehte, um zu sehen, was sie so freute, winkte sie wie ein Kind. Sie hielt irgendeine Verpackung in der Hand, wie ich bei genauerem Blick erkannte.

„Was hast du da?“

Mamizu kam näher und hielt mir den Gegenstand unter die Nase.

„Schau, das sind die gleichen Kopfhörer wie deine!“

Tatsächlich, es war dasselbe Modell derselben Marke. Ich fragte mich, was das sollte. Hatte sie sich extra dafür aus dem Krankenzimmer geschlichen? Bevor ich sie aufhalten konnte, reichte Mamizu die Kopfhörer der jungen Frau an der Kasse.

„Guten Tag, die hätte ich gerne.“

„Hast du überhaupt Geld?“, warf ich nüchtern ein.

„Tadaaa! Ich habe meine Zauberkarte.“ Mit diesen Worten zog Mamizu eine Geldkarte hervor, die mir neu war.

„Das ist die Prepaidkarte der Klinik. Damit kann ich fernsehen und alles Mögliche machen.“

„Also, die brauchst du mir wirklich nicht zu kaufen“, wandte ich ein, doch Mamizu würdigte mich keiner Antwort, sondern bezahlte die Kopfhörer.

„Hier. Auf die passt du jetzt aber gut auf, ja?“

„Auf die anderen habe ich auch aufgepasst“, maulte ich aus irgendeinem Grund, statt mich zu bedanken, wie es sich gehört hätte. Als ich das sagte, versteinerte Mamizus Miene plötzlich. Sie starrte mich an. „Was ist?“, fragte ich. „Wenn du was sagen willst, dann sag es.“

Im nächsten Augenblick begann Mamizu leicht zu schwanken. Noch bevor ich Zeit hatte, einen vernünftigen Gedanken zu fassen, sackte sie mir schon entgegen, als wollte sie sich an mich schmiegen. Instinktiv streckte ich die Arme aus und fing sie auf.

„Hey, was hast du auf einmal?“

„Tut mir leid, Takuya. Ich fürchte, wir haben ein kleines Problem“, antwortete Mamizu zerknirscht, worauf sie ein selbstironisches Lachen folgen ließ. „Ich habe keine Kraft mehr.“

„Das ist jetzt nicht dein Ernst, oder?“

„Doch."

So standen wir in einer seltsamen Umarmung vor der Kasse und konnten uns nicht mehr rühren. *Das ist jetzt nicht dein Ernst!*, fuhr es mir ein weiteres Mal durch den Kopf.

„Verzeihung", bat ich die Kassiererin, „würden Sie bitte jemanden rufen?"

Es gab ein ziemliches Theater. Ärzte und Pflegekräfte kamen aufgeregt angerannt. Mamizu wurde auf eine Transportliege verfrachtet, die wie ein bewegliches Bett auf Rollen war.

„So eine Blamage", murmelte Mamizu, den Blick gegen die Decke gerichtet, während man sie wegrollte.

Selbstverständlich kam auch ich nicht ungeschoren davon. Es dauerte nicht einmal eine Stunde, bis Mamizus Mutter, die sich auf dem Heimweg befunden hatte, wieder in der Klinik war. Wir saßen uns auf zwei Stühlen gegenüber, die rechts und links von Mamizus leerem Bett standen. Frau Watarase kam ohne Umschweife zur Sache.

„Offen gesagt, ich sehe deine Besuche nicht gerne", sagte sie mit erkennbarem Zorn in der Stimme.

„Es tut mir leid", entschuldigte ich mich ohne weitere Ausflüchte.

„Nicht nur traurige Dinge, auch Spaß und Freude können Stress für einen Menschen sein. Verstehst du? Mamizu ist nicht so wie andere Mädchen", fuhr Frau Watarase fort.

Ich saß eine Weile still da und ließ ihren Zorn über mich ergehen. Mir schwirrten Dutzende Dinge im Kopf herum, die ich erwidern wollte, doch ich brachte kein einziges Wort über die Lippen.

So ging das eine Zeit lang, bis Mamizu wieder ins Zimmer zurückkam. Sie wurde von einer Krankenschwester im Rollstuhl geschoben, die auf der Brust ein Namensschild mit der Aufschrift „Okazaki" trug.

Schwester Okazaki, eine willensstark wirkende Frau, wandte sich an mich: „Bringe sie bitte nicht dazu, unvernünftig zu sein." Ich senkte nur stumm den Kopf.

Dann kletterte Mamizu mit der Hilfe ihrer Mutter und der Schwester ins Bett. Sie lehnte sich aufrecht mit dem Rücken an die Wand und ließ der Reihe nach den Blick über uns schweifen.

„Jetzt guckt doch nicht alle so schlechtgelaunt! Ihr macht aus einer Mücke einen Elefanten. So etwas ist doch schon mehr als einmal passiert, oder nicht? Es lag nicht an unserem kleinen Ausflug in den Krankenhaus-Kiosk."

„Bei deinem Zustand kann jede noch so kleine Dummheit schwere Konsequenzen haben", wies Schwester Okazaki sie zurecht.

„Das gilt auch für dich. Ich möchte nicht, dass du Mamizu zu irgendwelchem Unsinn anstiftest. Nimm diesen Vorfall zum Anlass, nicht mehr herzukommen." Frau

Watarase wollte mir noch mehr an den Kopf werfen, doch da rann eine einzelne Träne aus Mamizus Auge.

„Es tut mir leid“, schniefte sie. Ihre Mutter schreckte sichtbar zurück. „Es ist nicht Takuyas Schuld. Ich habe ihn zum Mitmachen gezwungen. Wenn du auf jemanden böse sein willst, dann auf mich.“

„Bitte beruhige dich“, wurde sie von Schwester Okazaki beschwichtigt, die der Mutter mit den Augen ein Signal gab.

Es war an Frau Watarases Gesicht abzulesen, wie sie einknickte und eine weniger feindselige Haltung einnahm.

„Wie auch immer. Ich habe noch zu tun. Für heute gehe ich nach Hause“, sagte sie und verließ das Zimmer, ohne mich eines Blickes zu würdigen.

„Mach du dich auch bald auf den Heimweg. Weißt du, alles hat seine Grenzen.“

Mit diesen letzten Worten hastete Schwester Okazaki davon.

Ich wollte auch brav heimgehen, wie es mir aufgetragen worden war. Als ich aufstand, wandte ich mich Mamizu zu. Sie weinte nach wie vor.

„Ach, das sind nur Krokodilstränen.“

Ich wäre beinahe aus den Latschen gekippt. Wenn das alles nur Theater gewesen war, hatte sie eine wirklich oscarverdächtige Darstellung geboten.

„Aber auch die sind schwer zu stoppen." Die Tränen flossen immer noch reichlich, doch ihr Ton klang wieder normal. „Tut mir leid, dir Ärger gemacht zu haben."

„Jetzt hör erst mal mit der Heulerei auf." Ich holte ein Taschentuch heraus, das ich ihr reichte.

„Danke ... Du kannst ja auch nett sein!"

„Was soll das denn heißen?" Ich wartete kurz, bis ihre Tränen versiegt waren.

„Ich beanspruche so viel von deiner Zeit. Da wollte ich mich wenigstens ein bisschen revanchieren."

Sie klang, als schämte sie sich, versagt zu haben. Ich war etwas überrascht, dass sie so dachte.

„Ich werde die Kopfhörer in Ehren halten", versicherte ich ihr. Mamizu blickte mich verblüfft an. „Mach doch nicht so ein komisches Gesicht."

„Das ist mein normales Gesicht!", protestierte sie mit einem leicht verlegenen Lächeln.

6

Aimi war eine gesichtslose Stadt in der Nachbarpräfektur. Eine Betonwüste voller Kettenläden – zu klein, um eine richtige Großstadt zu sein. Normalerweise würde sich niemand aus meiner Schule hierher verirren, um sich zu amüsieren. Aimi war zu weit weg und hatte nichts Besonderes zu bieten. Natürlich hatte es einen speziellen Grund, weshalb ich drei Stunden Anfahrt mit dem Zug auf mich genommen hatte.

In dieser Stadt wohnte Mamizus Vater. Er lebte so weit weg, weil ihre Eltern geschieden waren, wie Kayama gesagt hatte.

Mamizu hatte mir erzählt, ihr Vater wäre Geschäftsleiter einer Firma. Vor der Scheidung hatten sich die Eltern offenbar darauf geeinigt, dass die Tochter zur Mutter kommen sollte. Den Grund für die Scheidung hatte Mamizu nie von ihrer Mutter erfahren. Auch wenn sie danach fragte, bekam sie immer nur ausweichende Antworten.

„Ich möchte meinen Vater fragen, warum sich meine Eltern scheiden ließen." So lautete diesmal der Wunsch von Mamizus Liste der Dinge, die sie vor ihrem Tod noch erledigen wollte. Ich fand es ein bisschen heftig, einen Fremden um so etwas zu bitten. „Bitte, Takuya, es ist mir wirklich ernst. Ich muss das unbedingt wissen, bevor ich sterbe. Allerdings habe ich weder eine Telefonnummer noch eine E-Mail-Adresse von meinem Vater. Ich weiß nicht was ich tun soll", flehte mich Mamizu in einem ernsten Ton an, den ich so noch nicht von ihr kannte.

„Sag bloß", kam mir ein Gedanke, „alles bisher war nur ein Test dafür?"

Als ich ihre Schneekugel zerbrochen hatte, war Mamizu auf die Idee gekommen, mich an ihrer Stelle die Dinge von ihrer Wunschliste erledigen zu lassen.

Diese Schneekugel hatte ihr viel bedeutet, weil sie ein Geschenk ihres Vaters gewesen war. Vielleicht hatte sie für Mamizu eine Art Ideallandschaft dargestellt, eine kleine, unter einer Glaskugel abgeschlossene Welt, wo die Zeit stillstand und es immer schneite. Hatte sie das Häuschen darin an glücklichere Zeiten erinnert? Wünschte sie sich nun statt der Schneekugel Kontakt zu ihrem Vater? Doch sie selbst konnte ihn nicht treffen. Vermutlich war sie deshalb darauf verfallen, mich an ihrer Stelle zu schicken. Ich hatte den Eindruck, alle ihre bisherigen Bitten waren nur ein Test für diesen Auftrag gewesen. Wahrscheinlich hatte sie sich nicht getraut, mir gleich mit so etwas Heftigem zu kommen. Diese Gedanken gingen mir durch den Kopf.

„Nein, natürlich nicht. Es hat mir nur Spaß gemacht, dir verrückte Aufgaben zu stellen."

„Also gut, verstanden." Ich hatte das Gefühl, nicht mehr ablehnen zu können, nachdem Mamizu mir das alles erzählt hatte. „Ich werde tun, was ich tun kann", sagte ich und verließ das Zimmer.

Die einzige Information, die ich hatte, war die Adresse. Nachdem der Vater das gemeinsame Haus der Familie verlassen hatte, war er offenbar in sein Elternhaus zurückgezogen, das in der Stadt Aimi lag. Mithilfe der Karten-App meines Handys hatte ich das Haus gefunden. Auf dem Klingelschild stand der Name „Fukami". Leicht nervös betätigte ich den Knopf.

„Wer ist da?", erklang aus der Sprechanlage die Stimme eines Mannes. War das Mamizus Vater?

„Ist Herr Makoto Fukami zu sprechen?"

„Hier gibt es niemanden, der so heißt."

Die Stimme hatte etwas unheimlich Dunkles an sich, gleichzeitig schwang ein wachsamer Ton mit. Wieso behauptete er, Mamizus Vater würde hier nicht wohnen? Das war eindeutig die Adresse, die ich bekommen hatte.

„Worum geht es?"

„Verzeihung, mein Name ist Takuya Okada. Ich bin, äh ... ein Bekannter von Mamizu. Ich würde mit Ihnen gerne kurz über sie sprechen."

„Ist Mamizu etwas passiert?", rief die Stimme plötzlich alarmiert.

Die Sprechanlage verstummte. Kurz darauf stürzte ein Mann in mittleren Jahren aus dem Haus. Er war muskulös, sonnengebräunt und unrasiert. Bekleidet war er mit einer Art Schlafanzug. Ich wusste nicht recht, was ich von ihm halten sollte.

„Ich bin Makoto Fukami, Mamizus Vater."

Ehrlich gesagt entsprach er nicht gerade der üblichen Vorstellung von einem Firmenchef. Das war mein erster Eindruck von Mamizus Vater.

„So ist das also. Verstehe."

Herr Fukami hatte mich ins Haus gebeten, wo ich ihm am Wohnzimmertisch erklärt hatte, weshalb ich heute hergekommen war: Mamizu wollte wissen, warum sich ihre Eltern getrennt hatten.

„Wissen Sie ... Mamizu macht sich offenbar Sorgen, ihre Krankheit könnte der Grund für die Scheidung gewesen sein. Sie denkt, Sie hätten sie verlassen, weil Ihnen das zu viel wurde."

„Nein, die Schuld liegt wahrscheinlich bei mir, weil ich nicht die Wahrheit gesagt habe", meinte Mamizus Vater. Dann blickte er mir direkt in die Augen. „Übrigens, Takuya, bist du Mamizus fester Freund?"

Vor lauter Schreck spuckte ich den Tee aus, den ich trank.

„N-Nein, bin ich nicht! Wie soll ich sagen ...? Ich bin nur ein Bekannter von ihr."

Stimmt das?, fragte ich mich. *Was sieht Mamizu in mir?* Ich hatte im Grunde keine Ahnung.

„Was für einen Eindruck hast du eigentlich von mir, Takuya?"

„Wie bitte?" Soweit ich mich erinnern konnte, hatte mich noch nie ein Erwachsener so was gefragt. Ich hätte nicht gedacht, dass es Herrn Fukami kümmerte, wie er in den Augen eines Schülers wirkte. Das war mir neu. „Ziemlich raubeinig, würde ich sagen."

Er quittierte meine ehrliche Antwort mit einem verblüfften Lachen. Sein Lachen ähnelte dem von Mamizu.

„Einen Firmenchef stellt man sich anders vor, was?", lachte er weiter, doch in seinem Blick blitzte eine plötzliche Schärfe auf. Auch das erinnerte an Mamizu.

„Nein, also das ...", stammelte ich, um Worte ringend.

„Lügen liegt dir wohl nicht. Damit wirst du es bei Frauen schwer haben." Nachdem er mir diese Lebensweisheit zuteilwerden ließ, trank er die Teetasse in seiner Hand auf einen Zug aus. „Es ist nämlich so: Ich habe keine Firma mehr." Dann fing er an, mir den wahren Hintergrund der Scheidung zu erläutern.

Ursprünglich leitete Herr Fukami eine kleine Bauteilefirma in unserer Stadt. Der Betrieb, der als Hinterhofwerkstatt angefangen hatte, konnte einige Großfirmen als Vertragspartner gewinnen, wodurch er rasch wuchs.

Doch zum gleichen Zeitpunkt, als die Firma größere Investitionen getätigt hatte, ging einer ihrer Hauptkunden Pleite und riss sie mit in den Bankrott. Dadurch sah sich Mamizus Vater gezwungen, in die Privatinsolvenz zu gehen. Nach langem Kopfzerbrechen beschloss er, sich vorher von seiner Frau scheiden zu lassen. Andernfalls wären persönliche Vermögenswerte wie das Haus oder die Bankeinlagen komplett in die Insolvenzmasse eingeflossen.

Mamizus Behandlung war sehr kostspielig, wegen der Leuchtkrankheit häuften sich die Ausgaben gewaltig. Die Krankheit war selten und es gab keine wirksame Heilmethode. Im Prinzip bestand die Therapie aus dauerhafter stationärer Behandlung. Damit dafür Geld übrig blieb, hatte sich Mamizus Vater das mit der Scheidung ausgedacht.

Angesichts von Gläubigern und Schuldeneintreibern wäre es für Herrn Fukami jedoch problematisch gewesen, sich mit seiner Frau und seiner Tochter zu treffen. Aus diesem Grund hatte er Mamizu weder seine Telefonnummer noch seine E-Mail-Adresse gegeben. Er selbst war bis auf Weiteres wieder in sein Elternhaus zurückgezogen, wo er mit seiner hochbetagten Mutter lebte. Aktuell war er auf dem Bau beschäftigt, wo er schwere und gefährliche körperliche Arbeit leistete. Ab und zu sandte er seiner Exfrau Ritsu heimlich Geld.

Die Eltern hatten gemeinsam beschlossen, Mamizu das alles zu verheimlichen. Sie wollten ihre kranke Tochter, die immer nur ein finanziell sorgenfreies Leben gekannt hatte, nicht unnötig belasten.

Sie hatten Angst, Mamizu würde nicht mehr zur Schule gehen wollen, wenn sie ihr alles erzählten. Auch wenn Mamizus Aussichten, weiterhin die Schule besuchen zu können, nicht besonders gut waren, wollte ihr Vater nicht, dass sie ihre Ausbildung aufgab, für den Fall, sie könnte irgendwann durch ein medizinisches Wunder geheilt werden.

„Nicht nur das, ich fürchte auch, ich war damals einfach zu stolz, um meiner Tochter die ganze Wahrheit zu offenbaren", bekannte Herr Fukami.

Das war also die Geschichte hinter der Scheidung von Mamizus Eltern.

Weil es so viel verarbeiten war, konnte ich überhaupt keine Kommentare abgeben, sondern nur schweigend zuhören. Nachdem er seine Ausführungen beendet hatte, fragte mich Herr Fukami, ob ich seiner Tochter alles erzählen würde. Er schien immer noch Zweifel zu haben.

„Es ist vielleicht unverschämt, das so zu sagen, aber ich finde es falsch, aus Fürsorge oder Rücksichtnahme etwas zu verheimlichen. Für den, der im Dunkeln gehalten wird, ist das unerträglich."

„Du nimmst kein Blatt vor den Mund." Mamizus Vater reagierte mit einem gequälten Lächeln auf meine Worte. Trotzdem fuhr ich fort.

„Ich denke, Mamizu möchte die Wahrheit erfahren, bevor sie stirbt."

„Sterben also? Du benennst die Dinge beim Namen", sagte Herr Fukami. Sein Gesicht war plötzlich ernst geworden. Für einen Moment dachte ich, er würde wütend werden. Doch das war nicht der Fall.

„Du hast vielleicht recht, Takuya. Mamizu sollte wohl alles erfahren."

Dann setzte er ein Lächeln auf und sah mich an. Leicht beschämt darüber, mir zu viel herausgenommen zu haben, blickte ich zu Boden.

„Es gibt etwas, wofür ich mich bei Ihnen entschuldigen muss, Herr Fukami." Mit diesen Worten holte ich etwas aus meiner Tasche. Es handelte sich um die Schneekugel, die ich zerbrochen hatte. „Sie ging kaputt, als ich sie fallen ließ. Es tut mir wirklich leid."

Die kleine Blockhütte, die in der Schneekugel gestanden hatte, war zur Seite gekippt.

„Du kannst wirklich nicht lügen", staunte Herr Fukami. „Schon gut. Alles, was greifbare Gestalt hat, geht irgendwann kaputt", sagte er mit den gleichen Worten wie Mamizu es getan hatte.

„Aber Mamizu ist sicher ..." Mir versagten die Worte.

„... furchtbar traurig. Ganz bestimmt", schaffte ich es irgendwie, den Satz zu vervollständigen.

„Verstanden. Ich werde sehen, was sich machen lässt", sagte Herr Fukami. Er meinte, ich solle mir keine Gedanken machen.

„Wollen Sie Mamizu nicht wenigstens eine Adresse geben?", bat ich ihren Vater, als ich ging.

Er überlegte lange. Mit den Worten „Nur wenn sie mir verspricht, nicht auf ein Treffen zu bestehen", reichte er mir schließlich einen Zettel mit seiner E-Mail-Adresse. „Sei ihr ein guter Kamerad, Takuya", gab er mir zum Schluss noch auf den Weg mit.

„Ja", antwortete ich nur.

Als ich in die Klinik kam, las Mamizu auch an diesem Tag wieder ein Buch. Bei genauem Hinsehen war es das gleiche Taschenbuch wie immer. Ich wunderte mich oft, wie sie es fertigbrachte, immer nur dieses eine Buch zu lesen, ohne dass es ihr langweilig wurde.

„Na, wie war's?", fragte sie, ohne den Blick von der Seite zu heben. „Hat sich mein Vater eine Neue angelacht?"

Diese Worte drückten nicht ihre wahren Gefühle aus, so viel war mir klar. Mamizu wartete angespannt darauf, meinen Bericht zu hören. Sie hatte nur einen markigen Spruch losgelassen, um ihre Nervosität zu verbergen. Trotzdem wollte ich ihr nicht von ihrem Vater erzählen, solange sie so drauf war.

„Dein Vater hat mir alles erklärt." Ich setzte mich auf den Hocker neben ihrem Bett und blickte sie ruhig an. Dann hielt ich ihre Hand fest, die das Buch umblätterte. „Hör bitte gut zu."

„In Ordnung", antwortete sie ganz gefügig.

Darauf berichtete ich ihr alles, was ihr Vater mir gesagt hatte. Ich erzählte ihr, dass ihr Vater sie nicht im Stich gelassen hatte, ganz im Gegenteil. Auch jetzt arbeitete er mit ganzer Kraft für sie. Er hatte ihr den Grund für die Scheidung nur verschwiegen, damit sie in der Klinik keine Existenzängste hätte. Aber auch jetzt, da sie alles wusste, sollte sie sich auf keinen Fall Sorgen machen, sondern einfach mit der gleichen Einstellung wie bisher weiterleben.

Ich erzählte ruhig und der Reihe nach, um die Gedanken ihres Vaters möglichst genau wiederzugeben. Zum Schluss händigte ich ihr den Adresszettel aus, den er mir für sie gegeben hatte.

„Meine Eltern haben sich also nicht scheiden lassen, weil sie sich nicht mehr verstanden haben", sagte Mamizu, nachdem sie alles gehört hatte.

„Genau. Sie sind immer noch Partner, das hat dein Vater betont."

„Also, wäre ich nicht krank geworden, hätten sie sich nicht getrennt?", fragte Mamizu.

„So darfst du nicht denken."

„Es wäre besser, wenn ich nie zur Welt gekommen wäre", sinnierte sie bedrückt.

„Das stimmt nicht. Dein Vater sieht das sicher nicht so", widersprach ich reflexartig, ohne wirklich nachzudenken. Ich war über mich selbst erstaunt, wie selbstverständlich mir diese Worte über die Lippen gingen.

„Aber es ist doch wahr, mit meiner Krankheit mache ich alle Menschen um mich herum nur unglücklich. Wenn wenigstens Aussicht auf Heilung bestünde, ginge es ja noch. Aber ich werde sicher sterben. Also hat das alles doch keinen Sinn."

Ich war erschüttert, wie niedergeschlagen sie klang. Was sagte man in so einer Situation? Ich wollte ihr irgendwie gut zureden. Mir gingen alle möglichen Sprüche durch den Sinn, wie „Lass den Kopf nicht hängen!" oder „Das wird schon wieder", aber nichts davon erschien mir angemessen.

„Dir falle ich auch nur zur Last. So ein nerviges, krankes Mädchen taucht auf einmal in deinem Leben auf und kommandiert dich herum. Ich werde aufhören, dich so auszunutzen."

In diesem Moment konnte ich ihr keine aufmunternden Worte bieten. Ich spürte: Mamizus heftige Empfindungen ließen sich nicht mit oberflächlichen Sprüchen beruhigen. Außerdem zweifelte ich, ob solche Worte für sie genug Gewicht hätten, wenn sie von mir kämen. Vor allem hätte ich selbst nicht daran glauben können. Wenn ich Dinge gesagt hätte, von denen ich selbst nicht überzeugt war, hätte das nur verlogen geklungen.

„Auf deiner Liste von Dingen, die du vor dem Tod noch machen willst, steht sicher noch eine ganze Menge. Was soll ich als nächstes tun?"

Mamizu sah mich erstaunt an, als ich das sagte: „Aber du hasst das doch?"

Nach kurzem Nachdenken antwortete ich: „Ach, so schlimm ist es auch wieder nicht." Noch offener zu sein, fiel auch mir schwer.

„Sag mal, Takuya ... Bist du in Wahrheit etwa ein richtig netter Kerl?"

Mamizu sah mich mit großen Augen an.

„Kann schon sein", erwiderte ich entnervt.

Die ersten und letzten Sommerferien

first and last summer

1

Es waren Sommerferien. Mamizu war ich zu Beginn des Frühjahrs zum ersten Mal begegnet, inzwischen waren die heißen Sommertage da, an denen einem der Schweiß nur so runterlief. Ich staunte über mich selbst, weil ich angefangen hatte, den Wechsel der Jahreszeiten vor allem in Hinsicht auf Mamizu zu erleben.

Sommerferien – das hätte normalerweise viel freie Zeit bedeutet, aktuell war ich jedoch ziemlich beschäftigt. Mamizu hatte nämlich gesagt: „Ich wollte schon immer mal in einem Maid-Café arbeiten." Na ja, da ich in letzter Zeit einen gewissen Geldmangel erlitten hatte, hielt ich es sowieso für angebracht, mir einen Schülerjob zu suchen. Ich war nicht wählerisch; eigentlich wäre mir jede Arbeitsstelle recht gewesen. Doch ausgerechnet ein Maid-Café musste es wirklich nicht sein.

Weil ich nichts zu verlieren hatte und aus purer Verzweiflung rief ich bei einem Café an und wurde aus unerfindlichen Gründen sogar zu einem Bewerbungsgespräch eingeladen. Das Lokal war geöffnet, als ich zur vereinbarten Zeit dort ankam.

Ich wurde in ein Büro hinter dem Gastraum geführt, wo das Vorstellungsgespräch sofort begann. Mein

Gesprächspartner war ein Mann Mitte Dreißig, der sich als Besitzer des Cafés vorstellte. Er trug ein schwarzes Hemd mit weißer Krawatte, protzigen Silberschmuck und unter seinen Hemdsärmeln blitzten Tattoos hervor. Beim besten Willen nicht gerade der Look des braven Durchschnittsbürgers.

„Wir bräuchten aktuell eine männliche Küchenhilfe."

Es ging offenbar darum, die Gerichte zuzubereiten, die von den Maids im Café serviert wurden. Natürlich, das war auch ein Job für einen Mann. Zum ersten Mal leuchtete mir die Sache ein. Als sich Verständnis auf meinem Gesicht ausbreitete, sah mich mein Gegenüber an wie ein Kalb mit zwei Köpfen.

„Was? Du wolltest doch sicher nicht als Maid anheuern?", scherzte er. Mir blieb nichts anderes übrig, als gequält zu grinsen.

Ich sollte am nächsten Tag schon anfangen. Diese Beschäftigung war nicht weit von Mamizus Vorgabe entfernt, gleichzeitig kam ich zu meinem gewünschten Schülerjob. *Das klingt doch ganz gut,* dachte ich und sagte sofort zu. Nachdem ich mir diesen Job gesichert hatte, hatte ich das Gefühl, ich könnte ein bisschen Geld ausgeben. Mir war eingefallen, dass Mamizu sich ein Haustier wünschte.

Da ihre Eltern beide allergisch auf Tierhaare waren, hatte die Familie nie einen Hund oder eine Katze gehabt.

Bei einer Untersuchung ergab sich sogar, dass auch Mamizu eine Tierallergie hatte.

„Ich will keinen Hund und keine Katze, die sterben zu schnell. Es soll ein Tier sein, das viel länger lebt als ich."

„Eine Schildkröte?", schlug ich zum Spaß vor, worauf Mamizu sofort begeistert ansprang: „Ja, genau!"

Doch wo konnte man eine Schildkröte kaufen? Auf dem Heimweg von meinem Bewerbungsgespräch suchte ich im Internet. Ich fand einen Laden in der Nähe, der Schildkröten verkaufte. Als ich in der Haustierabteilung des Baumarkts ankam, hatten sie dort tatsächlich welche.

Schildkröten waren billig.

Ich hatte mein bisheriges Leben verbracht, ohne irgendetwas über den Marktwert von Schildkröten zu wissen, doch selbst die teuersten Exemplare kosteten nicht einmal tausend Yen.* Bei dem Preis müsste ich nicht erst sparen, bis ich genug Geld von meinem Schülerjob zusammenhatte, sondern könnte gleich eine kaufen.

Ein Sprichwort lautet: „Kraniche leben tausend Jahre, Schildkröten zehntausend", ich hatte jedoch keine Ahnung, wie lange Schildkröten wirklich lebten. Sicher nicht zehntausend Jahre, das klang doch eher nach Fabelwesen.

Als ich die Verkäuferin fragte, meinte sie, Schildkröten würden bis zu dreißig Jahre alt. Ich erfuhr, dass man ein

---

* 1000 Yen sind etwas über 8 Euro. (Stand Anf. 2020)

Wasserbecken und noch anderes Zubehör brauchte, um eine Schildkröte zu halten. Diese Dinge gingen ins Geld. Ich sagte, ich käme ein andermal wieder und zog ab.

„Herzlich willkommen daheim, Herr! Ich bin Riko!“, begrüßte mich ein Mädchen im Zofenkostüm mit kurzen, hellen Haaren, als ich an meinem ersten Arbeitstag im Maid-Café ankam. Ich fühlte mich irgendwie schuldig.

„Ähm, ich heiße Okada. Ich arbeite ab heute hier.“

Darauf lief das Mädchen knallrot an.

„D-Der Angestellteneingang ist dort drüben! Der hier ist nur für Gäste“, stammelte sie verlegen, obwohl eindeutig ich derjenige war, der einen Fehler gemacht hatte. „Ich bin Riko Hirabayashi. Ewige siebzehn, aber ich bin auch tatsächlich siebzehn Jahre alt. Das darfst du den Gästen allerdings nicht verraten.“

Ich dankte ihr flüchtig und ging Richtung Angestellteneingang. Wie ich drinnen erfuhr, war der Besitzer nicht da. Ich hatte überhaupt keine Zeit, mich vorzustellen, sondern wurde gleich von einer der Maids in die Küche geschickt.

Als Aushilfskoch musste ich keine Uniform tragen, nur ein weißes Hemd und schwarze Hosen waren vorgeschrieben. Ich band mir eine Schürze um und betrat die Küche. Zu meiner Verwunderung war dort kein Chefkoch. Auf Nachfrage sagte man mir, der vorige Koch hätte schon vor Monaten nach einem Streit mit dem Eigentümer gekündigt. Seitdem wechselten sich die Maids dabei ab, neben dem Servieren auch die Gerichte zuzubereiten.

„Los, pack an!“, wurde ich angetrieben.

So entspannt die Atmosphäre im Café war, so höllisch ging es in der Küche zu. In diesem mörderischen Arbeitsumfeld eilten die Bedienungen rastlos umher, die Hände stets beschäftigt. Ich half so gut ich konnte, indem ich ihnen zusah und ihrem Beispiel folgte.

Meine Schicht ging von zwölf Uhr mittags bis abends um zehn. Als ich danach fix und fertig im Büro saß, sprach mich das kurzhaarige Mädchen an, dem ich bei meinem Dienstantritt begegnet war.

„Na, Okada?“

„Ah ... Hallo, Riko.“

„Wie war dein erster Tag?“

„Ich habe zum ersten Mal Kuchen gebacken.“

Da Personal fehlte, musste ich alles Mögliche machen. Ehrlich gesagt hätte ich es mir nie so anstrengend vorgestellt, auch wenn ich bei meinem allerersten Job natürlich keinen Vergleich hatte.

„Wollen wir uns zusammen auf den Heimweg machen?“, fragte Riko.

Ich hatte keinen Grund abzulehnen, also wartete ich, bis sie sich umgezogen hatte.

„Du bist etwa so alt wie ich, oder?“

„Nein, ein Jahr jünger. Ich gehe in die zehnte Klasse."

„Ach, echt?! Bisher war ich die Jüngste. Die anderen sind erstaunlicherweise alle älter. Deshalb freue ich mich so, dass du jetzt bei uns bist! Aber der Küchenjob ist heftig ... Da werfen die meisten schnell das Handtuch. Deshalb habe ich mir Sorgen gemacht und wollte lieber mal bei dir nachfragen."

Verstehe. Der Job ist wirklich Knochenarbeit.

„Hm... Ich glaube, ich werde weitermachen. Wahrscheinlich."

Riko sah mich erstaunt an, als ich das sagte.

„Wow, das hört man selten. Gibt's einen speziellen Grund? Willst du deiner Freundin was Hübsches kaufen?"

„Ach, ich habe meine Gründe."

„Und, hast du eine Freundin?"

„Sehe ich so aus, als ob ich eine hätte?"

„Weiß nicht recht", lachte Riko.

Als ich spätabends erschöpft nach Hause kam, waren meine Eltern schon schlafen gegangen. Mein Abendessen stand in Folie verpackt auf dem Esstisch. Weil ich keinen Appetit hatte, stellte ich es in den Kühlschrank. Ich beschloss, schnell zu duschen und dann auf mein Zimmer zu gehen.

Auf dem Weg die Treppe hoch sah ich die Tür zum Raum meiner Schwester offen stehen, was ungewöhnlich war. Nach Meikos Tod hatten meine Eltern ihr Zimmer so gelassen, wie es war.

Ich fand zwar, es wäre besser, ihre Sachen wegzugeben und den Raum in eine Abstellkammer oder etwas in der Art zu verwandeln, aber ich brachte es nicht fertig, meinen Eltern das vorzuschlagen. Natürlich betrat normalerweise niemand das Zimmer.

Als ich hineinging, machte ich das Licht an. Der Einbauschrank stand offen. Vermutlich war meine Mutter hier gewesen, mein Vater war für so etwas eigentlich nicht sentimental genug. Im Schrank stapelten sich Kartons mit den Sachen meiner Schwester. *Es macht doch nur traurig, sich das anzusehen,* ging es mir durch den Kopf, während ich einen Blick auf den Inhalt der Schachteln warf. In der obersten befanden sich Schulbücher. Meiko war auf eine andere Oberschule gegangen als ich, daher unterschied sich die Zusammenstellung deutlich von der bei uns. Ich nahm das Japanischbuch in die Hand und blätterte darin. Auf einer Seite war etwas rot markiert. Es handelte sich um das Gedicht *Laune eines Frühlingstags* von Chuya Nakahara*.

Stirbt der Mensch, den man liebt,
muss man sich selbst töten.

---

* Japanischer Lyriker (1907 – 1937)

Dieser erste Satz war unterstrichen.

Meine Schwester musste wohl ein besonderes Interesse an dem Gedicht gehabt haben. Ich dagegen konnte mit Gedichten nichts anfangen. Gab es Menschen auf der Welt, die Gedichte verstanden? Mir war noch nie so jemand begegnet. Ich fand es befremdlich, dass meine eigene Schwester zu den Gedichtverstehern gehört haben sollte. Meiko war – zumindest bis zum Tod ihres Freunds – eher der lebhafte Typ gewesen. Man hätte sie niemals für einen Bücherwurm gehalten.

Ich musste an Meikos Freund denken. Er war der klischeehafte strahlende Sportlertyp gewesen, genau die Art, mit der ich nicht klarkam. Wie sehr hatte Meiko ihn geliebt?

Das Gedicht fand ich allerdings ziemlich trostlos. Gehörte so etwas wirklich in ein Schulbuch?

Stirbt der Mensch, den man liebt, muss man sich selbst töten.

So ein Unsinn!, erwiderte ich innerlich.

„Sag, kriegt man dort wirklich mit Herzchen verzierte Reisomelettes?", fragte Mamizu neugierig. Sie wollte alles über meinen neuen Job wissen.

„Ja, und ich bin derjenige, der sie macht."

Irgendetwas daran fand Mamizu extrem witzig. Sie hielt sich den Bauch vor Lachen.

„Hilfe, hör auf! Mir tut schon alles weh."

Ich holte mein Handy heraus, um ihr das Bild zu zeigen, das ich gemacht hatte.

„Schau, das ist auch interessant. Die Zofenkostüme sind richtig edel."

„Wer ist das?"

„Ach, das ist Riko. Als ich ein Foto von der Arbeitsuniform machen wollte, hat sie für mich Model gespielt. Sie geht in die elfte Klasse."

„Hmff", schnaubte Mamizu plötzlich und starrte mich betont gelangweilt an. Ich war verwirrt. Weshalb hatte sie plötzlich schlechte Laune? Dann sagte sie, als sei sie zornig: „Ich will Bungee springen." Ihr Ton war schneidend wie ein Messer.

„Nein, ohne mich!"

„Ich will aber! Ich will aber! Ich will aber!" quengelte sie trotzig.

„Kommt überhaupt nicht infrage!", lehnte ich kategorisch ab.

2

Einige Tage später stand ich am Zugang einer Hängebrücke tief in den Bergen und sollte einen Vertrag unterschreiben. Einfach gesagt stand darin, dass es meine eigene Verantwortung wäre, falls ein Unfall passierte und ich verletzt oder getötet würde. Das Schreiben befeuerte meine Angst. Schlagartig wollte ich nach Hause gehen. Doch sobald ich unterzeichnet hatte, konnte ich mich nur noch in die Schlange einreihen und darauf warten, dass ich drankam.

„Uaaaaaaaah!“, schrie eine Frau im Sprung, als hätte ihr letztes Stündlein geschlagen.

Warum muss ich so etwas tun und dann auch noch Geld dafür zahlen?, haderte ich mit meinem Schicksal. Ich fühlte mich von ihm sehr ungerecht behandelt.

Während ich so mit meiner Furcht rang, war ich plötzlich an der Reihe. In Nullkommanichts hatte der Assistent das Sprunggeschirr an meinem Körper befestigt. Zähneklappern half nicht, ich musste mich bereit machen. Als ich an der Absprungstelle in der Mitte der Brücke ankam, zückte ich mein Handy und rief Mamizu per Videoanruf an.

„Sorry, lass dein Handy bitte hier“, warnte mich der Assistent, doch bevor er mich aufhalten konnte, sprang ich.

Ich wirbelte durch die Luft.

Mein Blickfeld wurde auf einmal nur noch vom Abgrund eingenommen, mit einer Irrsinnsgeschwindigkeit raste ich auf die Oberfläche des Flusses unter der Brücke zu. Mein Instinkt rief mir zu: *Jetzt stirbst du!*

„Uaaaaaah!", schrie ich erbärmlich im Fallen, bis plötzlich das Seil seine maximale Ausdehnung erreicht hatte und ich mit einem Ruck wieder nach oben geschleudert wurde. Jetzt flog ich zum Himmel.

„Hahahahaha!", lachte Mamizu aus vollem Halse. Was sie sonst noch machte, bekam ich in meiner aktuellen Situation nicht mit.

„Uaaaaaah!"

„Hahahahaha!"

„Uaaaaaah!"

„Hahahahaha!"

So wiederholte sich das noch einige Male, bis es endlich aufhörte. Ich baumelte am Seil wie das Pendel einer Uhr.

„Bist du jetzt zufrieden?", fragte ich Mamizu leicht gereizt.

„Ja, war ein Riesenspaß" lächelte sie glücklicher, als mir lieb war.

Eines Tages rief mich Kayama um zehn Uhr vormittags an. Ich überlegte kurz, ob ich ihn ignorieren sollte, weil es sicher wieder irgendwas Lästiges war, aber schließlich ging ich doch ran.

„Ich brauche deine Hilfe“, eröffnete er das Gespräch. Ich bereute schon jetzt, den Anruf angenommen zu haben.

„Was meinst du, was ich zurzeit mache?“

„Das ist mir so was von egal.“

Kayamas Privatleben interessierte mich nicht. Von mir aus konnte er machen, was er wollte. Solange er mich in Ruhe ließ.

„Ich bin dabei, meine Frauengeschichten abzuwickeln. Ich möchte alle loswerden.“

Kayama hatte keine feste Freundin. Sein Motto war: „Ich bin kein Mann für eine Frau.“ Trotzdem standen die Mädchen auf ihn. Und er machte sich an jede ran, die ihm in die Quere kam. Auch wenn es nie lange hielt, gab es manchmal Ärger. *Warum verkündet er mir jetzt per Telefon, dass er mit allen Schluss machen will?*

„Aber eine ist hartnäckig, die will einfach keine Trennung. Ich komme da nicht weiter, mach du für mich Schluss mit ihr.“

„Mann, du bist echt ...“ Das schlug dem Fass den Boden aus. Wie konnte man so unehrlich sein, einen anderen zum Schlussmachen vorzuschicken? „Vergiss es! Da mache ich nicht mit.“

„Mann, Okada ...! Ich weiß echt nicht mehr weiter. Ich sitze echt in der Patsche, ich drehe noch durch.“ Er klang auf einmal ziemlich kleinlaut. Da ich am Telefon sein Gesicht nicht sah, konnte ich schlecht beurteilen, wie deprimiert er wirklich war. „Können wir uns wenigstens heute treffen? Ich brauche deinen Rat."

Am Ende ließ ich mich doch breitschlagen. Ich sagte ihm, wir könnten uns sehen, solange es nur um einen Rat ginge. Kayama bestellte mich in ein Familienrestaurant in der Nähe, wo ich an einem Fenstertisch auf ihn warten sollte. Als ich dort eintraf, bekam ich eine Textnachricht von ihm: „Hinterste Sitzreihe am Fenster", doch er war nicht da. Jemand anderes saß auf dem Platz. Jemand, den ich gut kannte.

„Oh? Was machst du hier, Okada ...?"

Es war unsere Klassenlehrerin Frau Yoshie. Für einen Moment geriet ich in Panik. Dann fiel mir das Schlimmste ein, was hier los sein könnte, und ich bekam Kopfschmerzen. *Ich bring den Kerl um!*, fluchte ich innerlich. Frau Yoshie weinte nämlich. Offenbar schon eine ganze Weile.

„Guten Tag, Frau Yoshie. Warten Sie etwa auf Kayama?"

„Was ...? Ja, wieso?" Sie hatte bis kurz vor meiner Ankunft ihr Smartphone in der Hand gehalten. Bestimmt hatte sie Kayama getextet, um ihm mitzuteilen, auf welchem Platz sie saß.

„Er kann leider nicht kommen. Ich soll an seiner Stelle mit Ihnen sprechen ..."

„Akira hat dir also von uns erzählt. Er behandelt Menschen wirklich geringschätzig ..."

Sie nannte ihn Akira, nicht Kayama. Damit blieb mir nichts anderes übrig, als endlich den Tatsachen ins Auge zu sehen: Die Frau, mit der Kayama was angefangen hatte und die er nun loswerden wollte, war unsere Klassenlehrerin. *Kennt der Kerl überhaupt keine Grenzen?*, fragte ich mich.

„Bei ihm ist emotional etwas kaputt. Es ist besser, sich nicht ernsthaft auf ihn einzulassen", sagte ich Frau Yoshie, im Versuch, sie zu trösten.

Ich hatte keine Ahnung, wie man sich in so einer Situation verhalten sollte. Schließlich hatte ich selbst noch nie mit jemandem Schluss gemacht, wie konnte ich das dann für jemand anderen übernehmen? „Kurz gesagt, er ist nicht fähig zu einer ehrlichen Partnerschaft. Ich habe ihn mal gefragt, wie er die Welt sieht. Für Kayama ist alles bloß ein Spiel. Er hat nur ausprobiert, mit wie vielen Frauen er gleichzeitig eine Beziehung anfangen kann. Er denkt ausschließlich an sich selbst. Mich hat er heute hergeschickt, damit ich für ihn mit Ihnen Schluss mache. Na, wie finden Sie das? Der Kerl ist doch das Letzte!"

„Okada, wie kannst du nur so schlecht über Akira reden? Ihr seid doch Freunde."

„Wir sind keine Freunde. Eigentlich verstehen wir uns nicht mal besonders gut. Ich komme nicht mit ihm klar, er ist wie ein Mensch aus einer anderen Welt."

„Warum bist du dann heute hier?"

„Für mich ist Kayama kein Freund. Eher mein Retter ... Es ist ein bisschen schwierig zu erklären."

„Ich begreife das alles nicht!" Frau Yoshie senkte den Kopf.

„Manchmal bekomme ich richtig Angst, wenn ich Akira sehe. Er lebt so riskant. Ich habe die Sorge, er könnte einfach seine Zukunft ruinieren, indem er die Schule abbricht. Ich mache mir Gedanken um ihn, ich kann einfach nicht anders. Weißt du, sein älterer Bruder ist bei einem Verkehrsunfall gestorben. Das hat ihn wohl aus der Bahn geworfen. So hat es mir einer seiner damaligen Lehrer erzählt. Er hat sogar im Schulgebäude versucht, sich umzubringen. Berichte über solche Vorfälle werden von der Mittelschule an die Oberschule weitergegeben."

Ich musste unwillkürlich lachen. „Frau Yoshie, das ist ein Missverständnis. Kayama würde niemals versuchen, sich umzubringen. Dazu ist er viel zu lebenshungrig. Der kommt prima alleine klar, ohne dass sich jemand um ihn kümmert. Zumindest dafür habe ich ihn immer etwas bewundert."

Sie guckte verständnislos.

„Jetzt macht ihr euch beide über mich lustig, du und er. Das ist so beschämend. Ich würde am liebsten im Erdboden versinken."

„Tut mir leid", entschuldigte ich mich.

„Es war für mich ernst."

„Für ihn nur ein Spiel", griff ich den Rhythmus ihrer Worte auf, als würde ich sie aufziehen. Ich wollte sie zornig machen. Sie sollte ihre Wut herauslassen und zu einer Entscheidung über ihre Gefühle kommen.

„Ich habe eine Bitte, Okada."

„Was denn?"

„Darf ich meine Cola über dich schütten?"

„In Ordnung."

Im nächsten Moment kippte Frau Yoshie tatsächlich das Glas, aus dem sie getrunken hatte, über mir aus. Sie ließ mich pitschnass stehen und verließ das Lokal.

„Ich glaube, Frau Yoshie ist ein wirklich netter Mensch."

„Darum will ich nicht mit ihr zusammen sein", erwiderte Kayama lachend. Es klang für mich wie das Lachen eines Psychopathen.

„Ich hasse dich", sagte ich und legte ohne ein weiteres Wort auf.

An meinen neuen Job hatte ich mich noch überhaupt nicht gewöhnt, doch dank Rikos Hilfe tat ich mir dort zumindest auf menschlicher Ebene nicht so schwer, wie ich befürchtet hatte. Ich hatte Bedenken gehabt, als einziger Mann unter lauter Frauen könnte ich mich zu sehr als Außenseiter fühlen, aber Riko ebnete mir geschickt den Weg.

„Tut mir leid, Riko. Du musst es immer ausbügeln, wenn ich Mist baue. Vielen Dank für alles", sagte ich zu ihr, als wir eines Abends wieder zusammen heimgingen.

„Ich will nicht, dass du kündigst. Wenn sich die Küchenkraft nicht bei uns einleben könnte, wäre mir das unangenehm." Riko lächelte ein wenig verlegen. „Hast du jetzt noch was vor?", fragte sie unvermittelt in beiläufigem Ton.

„Äh, tut mir leid ... Um ehrlich zu sein, ich gehe noch tanzen."

„Echt?", entfuhr es ihr erstaunt.

„In einem Club hier in der Nähe."

„So was! Du wirkst nicht gerade wie der typische Clubgänger."

„Äh, nein. Bin ich eigentlich auch nicht." Ich tat mir mit einer Erklärung schwer.

„Gut, dann komme ich mit."

Jetzt war ich an der Reihe, überrascht zu sein: „Dich hätte ich aber auch nicht für ein Partygirl gehalten."

„Ich sehe vielleicht nicht so aus, aber ich gehe gerne mal clubben", sagte sie mit einem verwegenen Lachen. Ich fragte mich, ob das stimmte.

Wie von dir gewünscht, bin ich jetzt in einem Club.

Mamizu antwortete sofort auf meinen Text:

Wie ist es so?

Furchterregend.

So empfand ich es wirklich. Mein Blick fiel auf ganzkörpertätowierte Muskeltypen und hemmungslos lachende Frauen, die entweder betrunken waren oder sonst wie berauscht.

Die Atmosphäre wirkte bedrohlich, der schummrige Raum wurde von unheimlichen grünen und pinkfarbenen Lichtern durchzuckt. Personen unter achtzehn Jahren waren hier eigentlich nicht zugelassen. Ich hatte wirklich ein bisschen Angst, deshalb Ärger zu kriegen.

Mamizu hatte geschrieben:

Mach Fotos, aber lass dich nicht erwischen!

Als ich meine Kamera-App öffnen wollte, sah ich jedoch, dass mein Akku nur noch zwei Prozent hatte.

Sorry, mein Akku gibt gerade den Geist auf. Ende der Übertragung!

Verstehe. Dann viel Glück.

Nach diesem Textaustausch, der klang, wie die letzte Kommunikation mit einem verloren gegangenen Raumschiff, verabschiedete sich mein Handy.

„Na, amüsierst du dich, Okada?"

Riko kam angetanzt. Sie schien tatsächlich eine routinierte Clubgängerin zu sein. Sie tanzte gut.

„Das ist gar nicht so einfach." Ich versuchte zu tanzen, indem ich Rikos Bewegungen nachahmte.

„Mann, das sieht ja echt grauenvoll aus. So geht das!", rief Riko und bewegte ihren ganzen Körper noch ausladender.

„So?" Ich bemühte mich, es ihr gleichzutun.

„Na, Süße, willst du was mit uns trinken?"

Eine Gruppe grell gekleideter Typen sprach Riko an.

Wow. Werde ich da gerade Zeuge eines Aufreißversuchs? So was hatte ich noch nie in echt gesehen.

„Sorry, Jungs. Bin heute mit meinem Freund hier", sagte Riko und schlang zu meiner ziemlichen Überraschung ihren Arm um meine Hüfte. „Tut mir leid."

„Wer ist der Kerl?"

Einer der Aufreißertypen starrte mich aggressiv an. Es lag Ärger in der Luft. Einige Momente überlegte ich, was ich tun sollte.

Und dann ...

„Yeah!"

Schwungvoll tanzte ich aus der angespannten Lage heraus. Die Gruppe gab entnervt auf, Riko lachte.

„Und so habe ich tapfer meine Arbeitskollegin Riko vor einer Bande fieser Aufreißertypen gerettet! Na, wie findest du das?" Ich trug ziemlich dick auf, als ich Mamizu die Geschichte erzählte.

„Wenn das mal nicht gelogen ist", bemerkte sie mit ihrem üblichen Scharfsinn.

Ich wich ihrem Blick aus und tat so, als hätte ich das nicht gehört.

„Jedenfalls war das eine richtige Gefahrenhöhle. Da hätte man jederzeit mit einem Monster rechnen können. War sicher besser, dass ich an deiner Stelle hingegangen bin."

„Na, wenn du meinst." Mamizu sah mich an, als wollte sie etwas sagen.

„Was ist?"

„Nichts." Sie dachte einige Momente nach. „Wobei, es ist doch was."

„Was denn?", fragte ich verärgert.

„Ach, schwer zu erklären."

Sag bloß ..., dachte ich.

„Mamizu, bist du etwa eifersüchtig?"

„Hier. Das will ich als Nächstes. Los, mach das."

Wieder dieser schneidende Ton. Dann hielt sie mir ihr Handy hin. Auf dem Bildschirm war ein Clip irgendeines Videoportals zu sehen. Ängstlich drückte ich auf Wiedergabe. Das Video zeigte einen Zauberkünstler, der wie ein Drache Feuer spuckte.

„Nein, das kannst du vergessen!", protestierte ich, unwillkürlich zur Decke hochblickend.

Kurz darauf kam die Krankenschwester, die ich schon so oft gesehen hatte und holte Mamizu zu einer Untersuchung ab. Normalerweise ging auch ich um diese Zeit nach Hause, doch aus einem plötzlichen Anfall von Neugier kehrte ich noch einmal in Mamizus Zimmer zurück. Sie hatte nämlich vor meiner Ankunft eine Modezeitschrift gelesen, was ungewöhnlich war. Sonst war sie immer in ein Taschenbuch vertieft.

Ich wunderte mich über ihre Wahl und wollte wissen, was für ein Heft das war. Während Mamizus Abwesenheit blätterte ich die Zeitschrift durch. Die Mode darin war ziemlich erwachsen, sehr schick und elegant. Es wurden vor allem die Kollektionen ausländischer Marken vorgestellt, auch die Models schienen mir überwiegend Ausländerinnen zu sein. Als ich so darüber nachdachte, fiel mir auf, dass ich Mamizu bisher immer nur im Schlafanzug gesehen hatte. Als Krankenhauspatientin ging das nicht anders, aber Mamizu hätte sich bestimmt auch gerne schick angezogen. Vielleicht hatte sie sich zu sehr geschämt, um mir das zu sagen. Allerdings … Was war das für eine Welt, in der ein Kleid 190.000 Yen* kostete? Was aßen diese Leute normalerweise, Kaviar?

Aus echtem Interesse blätterte ich weiter, da entdeckte ich eine Seite, in der ein Eselsohr war. Bei genauerem Hinsehen handelte es sich um eine Anzeige, in der nur ein Paar rote Pumps in Großaufnahme abgebildet waren. Mit meinem Handy machte ich spontan ein Foto davon.

---

* 190000 Yen sind etwas über 1500 Euro. (Stand Anf. 2020)

3

„Was ist los, Okada?“, fragte Riko besorgt. „Bei der Arbeit wirktest du heute, als seist du halb tot.“

„Sag mal, Riko, hast du schon mal Feuer gespuckt ...?“

„Was? Feuer?“

„Ich schon. Heute vor der Arbeit.“

Riko machte ein verwirrtes Gesicht. Sie hatte offenbar keine Ahnung, wovon ich sprach. Kein Wunder. Wenn mir jemand so was erzählt hätte, hätte ich die Person für völlig durchgeknallt gehalten.

„Alles in Ordnung?“

„Ja, geht schon.“

Auf dem Heimweg aus dem Café machte sich Riko immer noch Gedanken um mich. Wahrscheinlich sah ich fürchterlich aus.

„Ah, ich verabschiede mich hier. Ich muss noch eine Schildkröte kaufen.“

„Eine Schildkröte?“, fragte Riko. Sie guckte immer verständnisloser. „Soll ich mitkommen?“

„Nein, nicht nötig.“

„Ich hätte Zeit.“

„Na ja ... Ich möchte die Schildkröte gerne allein aussuchen.“

Ich war in Sachen Reptilien ziemlich wählerisch geworden. Stimmte mit mir noch alles?

„Was in aller Welt soll das, Takuya?", rief meine Mutter erschrocken, als ich nach Hause kam. Das war ihre erste Reaktion, als sie ihren Sohn mit einer Schildkröte, einem Wasserbecken und anderem Zubehör in den Händen heimkehren sah.

„Ab heute halte ich mir eine Schildkröte", erklärte ich und präsentierte ihr das Tier auf meiner Handfläche.

Mit einem Aufstöhnen schlug sich meine Mutter die Hand an die Stirn, als sei ihr schwindlig.

„Junge, bist du nicht ganz richtig im Kopf?"

„Keine Sorge, alles in Ordnung."

Ich stellte das Becken in einer Ecke des Wohnzimmers auf, während meine Mutter weiter vor sich hin grummelte.

„In letzter Zeit ist bei dir so viel los", kommentierte sie.

Es stimmte, ich war eigentlich eher der Stubenhockertyp, der den ganzen Tag im Haus blieb, solange nichts anderes anlag. Seit ich Mamizu kannte, ging ich viel öfter raus und unternahm irgendwas.

„Vielleicht geht es dir ja wieder besser", seufzte meine Mutter.

Von außen betrachtet sah es wohl so aus, als hätte ich meine alten Grundsätze aufgegeben, um ein lebhafterer Mensch zu werden. Doch so war es nicht …

„Oooh!“, jubelte Mamizu mit leuchtenden Augen. „Eine Schildkröte!“

Durfte man eine Schildkröte in ein Krankenhauszimmer bringen? Das konnte ich mir beim besten Willen nicht vorstellen, trotzdem hatte ich sie heimlich in meiner Tasche reingeschmuggelt.

„Toll! Du hast dich daran erinnert!“

„Ich habe meinen Lohn vorzeitig bekommen.“

Ich hatte das Gefühl, Mamizu war der einzige Mensch, der sich über eine Schildkröte so freuen konnte.

„Und? Wie heißt sie?“, wollte Mamizu wissen.

„Wie sieht heißt? Na, Schildkröte“, antwortete ich schlicht.

„Ist das dein Ernst?“

„Klar.“

„Das geht ja gar nicht!“, rief Mamizu empört aus. Freude und Ärger wechselten bei ihr nach wie vor im Handumdrehen.

„Selbst der große Schriftsteller Soseki Natsume hat seine Katze nur ‚Katze‘ genannt. Dann reicht ‚Schildkröte‘ doch.“

„Du bist aber nicht Soseki Natsume! Du hast weder in London studiert noch in Shuzenji Blut gespuckt!“

Was Mamizu nicht alles wusste.

„Gut, dann gib du ihr einen Namen“, sagte ich. Das wurde mir jetzt zu blöd.

„Was? Wirklich? Darf ich?“, fragte Mamizu ganz glücklich.

„Ich vertraue auf deinen Namensgeschmack.“

„Dann nenne ich sie … Schildkröterich!“

„Das ist ja wohl auch nicht besser!“, stöhnte ich entnervt.

„Doch, das ist doch passend! Nicht wahr, Schildkröterich?“

Wie es aussah, stand „Schildkröterich“ für sie fest. So kam mein Haustier glücklich zu einem Namen.

4

Auch danach war ich weiterhin damit beschäftigt, Mamizus verrückten Launen nachzukommen. Bei vielen ihrer Wünsche fragte ich mich, ob das wirklich Dinge waren, die sie unbedingt vor ihrem Tod noch tun wollte, oder ob sie sich einfach kurzentschlossen Sachen ausdachte, weil es ihr Spaß machte, mich in Schwierigkeiten zu bringen. Widerstrebend machte ich trotzdem das meiste davon.

Sie hatte sich zum Beispiel gewünscht, etwas auszuprobieren, das oft in Mangas vorkommt: Kakifrüchte von einem Baum in der Nachbarschaft klauen und dafür Ärger bekommen. Als ich das tatsächlich machte, bekam ich wirklich Ärger (und entschuldigte mich wie blöde).

Auf Mamizus Wunsch nahm ich auch an einer Food Challenge teil, wo ich eine riesige Schüssel Reis mit frittiertem Schweineschnitzel vorgesetzt bekam, die ich natürlich nicht aufessen konnte. Am Ende musste ich dreitausend Yen* dafür zahlen.

Ich ging auch zum Friseur, deutete auf ein Zeitschriftencover und sagte: „So möchte ich aussehen." Hinterher hatte ich die gleiche Frisur wie immer.

---

* 3000 Yen sind knapp 25 Euro. (Stand Anf. 2020)

Mamizu hatte sich gewünscht, einen Homerun zu schlagen, also fing ich an, abends auf dem Heimweg von der Arbeit ein Sportcenter zu besuchen, wo man seinen Baseballschlag trainieren konnte. Ich musste unzählige Male mit vollem Schwung abschlagen, bis ich endlich am dritten Tag das Ziel traf, auf dem „Homerun" stand. Als Preis erhielt ich rätselhafterweise einen Tischtennisschläger.

Sie wollte auch unbedingt einmal angebaggert werden, also stellte ich mich an eine belebte Straßenkreuzung in der Einkaufszone. Selbstverständlich sprach mich niemand an. Als ich versuchte, vorbeigehende Frauen zu bitten, mich anzubaggern, hielten sie das nur für eine neue Aufreißmasche und beschimpften mich wüst.

Außerdem sang ich mir beim Karaoke die Seele aus dem Hals, bis ich völlig heiser war. Am nächsten Tag klang ich wie ein böser Zauberer, was Mamizu unheimlich lustig fand.

Allerdings machte ich nicht alles, was sie mir auftrug.

Manche ihrer Wünsche waren aus verschiedenen Gründen nicht zu erfüllen.

Sie wollte zum Beispiel gerne mal in ein Taxi steigen und sagen: „Bitte fahren Sie mich ans Meer." Ich wusste jedoch nicht, ob ich genug Geld dafür hatte, also ließ ich es.

Sie hatte sich auch vorgestellt, mal einen Zombie zu erschlagen. Leider lebten wir in einer Welt ohne Zombies, deshalb war das ebenfalls nicht machbar.

Genauso unmöglich war es, mit zweihundert Sachen über die Straße zu brettern, wie es ihr gefallen hätte. Ich besaß weder Führerschein noch Auto. Und selbst wenn, hätte ich wohl drauf verzichtet.

Ich fand es jedenfalls erstaunlich, was sie sich alles ausdachte. Mir selbst fiel eigentlich nichts ein, was ich gern getan hätte. Mamizu lachte jedes Mal vergnügt, wenn ich einen der absurden Wünsche von ihrer Liste, der Dinge, die sie vor dem Tod noch tun wollte, erfüllt hatte und ihr davon Bericht erstattete. Ehrlich gesagt dachte ich mir überhaupt nichts Böses dabei. Auf ihre Art machten mir diese Tage auch Spaß.

„Vielen Dank, Takuya. Jetzt habe ich wieder eine Sache weniger zu bedauern", sagte Mamizu abschließend, als ich ihr vom Karaoke erzählt hatte.

In dem Moment schoss es mir durch den Kopf: Hatte ich die Aufgabe übernommen, alles was sic an ihrem irdischen Leben bedauerte, auszulöschen?

Was wird am Ende aus Mamizu, wenn die Wünsche, die sie an diese Welt binden, einer nach dem anderen erfüllt werden?

Ich musste sie einfach fragen: „Sag mal, Mamizu."

„Hm?"

„Hast du je an Selbstmord gedacht?"

Ohne eine Miene zu verziehen erwiderte Mamizu im normalen Plauderton: „Daran denke ich jeden Tag."

Die Art, wie sie antwortete, schockierte mich. *„Daran denke ich jeden Tag."* Ich spürte, dass das nicht gelogen war.

Diese Frage hatte ich meiner Schwester auch einmal gestellt. Ich erinnerte mich nur kaum, was sie geantwortet hatte. Nach dem Tod ihres Freunds fing sie jedoch an, viel draußen herumzulaufen.

Damit meine ich nicht, dass sie sich irgendwo mit jemandem traf oder ausging, um sich zu amüsieren. Sie lief einfach nur.

Das waren aber keine simplen Spaziergänge. Meiko marschierte ungerührt bis zu fünf oder sechs Stunden lang. Dabei hatte sie ihre eigenen Richtlinien. Sie ging los, wann ihr danach war, ohne sich auf ein Ziel festzulegen. Dann lief sie einfach so lange, wie sie Lust hatte. Sie teilte sich das Tempo nicht ein und machte keine Pausen. Sobald sie müde wurde, kam sie mit der Bahn oder dem Taxi zurück.

Bei einer dieser nächtlichen Touren war Meiko gestorben.

Nach ihrem Tod fing ich an, etwa einmal im Monat auch so zu laufen. Ich schlich mich spätnachts heimlich aus dem Haus, damit meine Mutter nichts merkte. Dann wanderte ich planlos durch die Straßen. Bei diesen Ausflügen hielt ich mich an Meikos einfache Methode. Ich streifte ziellos durch die Gegend, immer ganz allein.

Nur ein einziges Mal ging ich mit Kayama auf so eine Runde. Es war auf Klassenfahrt in der Mittelschule. Offenbar war es Standard, dort nachts Party zu machen. Meine Klassenkameraden hatten unbemerkt von den Lehrern schon heimlich mit dem Saufgelage angefangen und quasselten lebhaft darüber, wer auf wen stand und wer mit wem ging. Es sah nicht so aus, als ob ich mich vorzeitig ins Bett verabschieden könnte.

Selbst wenn ich versucht hätte, zu schlafen, hätte ich bei der Geräuschkulisse sowieso kein Auge zugemacht.

Gerade als ich mich aus dem Haus schleichen wollte, lief ich auf dem Treppenabsatz Kayama über den Weg.

„Mann, wohin willst du so spät noch?"

„Irgendwohin."

„Ich komme mit."

Er schloss sich mir an, obwohl ich ihm gesagt hatte, dass ich das nicht wollte. Ich ignorierte ihn größtenteils. Er hatte mir zwar seine Gesellschaft aufgedrängt, doch er sprach mich nicht an. So liefen wir schweigend durch die Nacht.

Wir gingen überwiegend geradeaus, ohne abzubiegen. Wir orientierten uns dahin, wo möglichst wenig Menschen waren. Während wir so liefen, mochte ich auf einmal nicht mehr zurück. Ich wollte so weitergehen, bis ich starb. Doch irgendwann klappte ich erschöpft zusammen. Genau in dem Moment fiel mein Blick auf einen kleinen Schrein, wo ich mich hinsetzte. Kayama kaufte an einem Automaten Getränke und warf mir eine Dose zu.

„Dich quält etwas", sagte er angewidert, als er mich so sah.

„Mit mir ist alles in Ordnung."

Ich zog die Dosenlasche hoch und kippte die Limonade in einem Zug runter. Das süße Getränk schmeckte aus irgendeinem Grund bitter.

„So wie ich das sehe, bist du jemand, der nirgendwo hinkommt", gab Kayama tiefsinnig von sich.

Ich ärgerte mich, weil ich das Gefühl hatte, er behandelte mich von oben herab.

„Und du bist jemand, der irgendwo hinkommt?"

„Ich bin anders als du. Ich stehe über den Dingen. Trotz allem habe ich meinen Spaß. Nach dem Tod meines Bruders habe ich beschlossen, diese Welt nur als Spiel zu sehen. Irgendwann erwischt einen der Tod ja doch. Es bringt nichts, alles so ernst zu nehmen. Auch wenn ich anderen wehtue, mich verletzt nichts."

Für diese Worte konnte ich keinen Hauch Mitgefühl aufbringen.

„Ich amüsiere mich lieber."

„Mach, was du willst", erwiderte ich überdrüssig.

„Quäl du dich ruhig, Okada."

Das klang so, als sollte ich mich für ihn mitquälen.

„Mann, du nervst echt!"

Ich pfefferte meine leere Getränkedose in den Mülleimer.

Ich erinnerte mich wieder.

„Manchmal möchte ich an irgendeinen Ort, der nicht hier ist", hatte Meiko damals auf meine Frage geantwortet.

Sie hatte recht, manchmal erstickte einen der Alltag im Hier und Jetzt. Ich fragte mich, ob das der Grund war. Vielleicht besuchte ich deshalb Mamizu so oft im Krankenhaus.

„Ich wollte schon immer mal einen Kuchen backen", hatte Mamizu sich eines Tages gewünscht. Es klang mal wieder, als sei ihr das gerade erst eingefallen.

Da fiel mir plötzlich etwas auf: Die Sache mit den Kakifrüchten, die Food Challenge – viele von Mamizus Wünschen drehten sich ums Essen. War sie etwa ...?

„Wen nennst du hier gefräßig?"

Offenbar konnte sie inzwischen sogar meine Gedanken lesen.

„Also gut", erwiderte ich ein wenig eingeschüchtert. „Ich werde dir einen Kuchen backen."

„Danke. Ich weiß nur nicht, ob ich es schaffen werde, ihn ganz aufzuessen", meinte Mamizu plötzlich betrübt. So hatte ich sie in letzter Zeit kaum erlebt.

„Schon okay. Wenn was übrig bleibt, verputze ich den Rest."

„Ah, hör zu, ich muss dir was erzählen. Bei mir steht bald eine große Untersuchung an. Weil es mir in letzter Zeit recht gut ging. Wenn das Ergebnis gut ausfällt, darf ich vielleicht zeitweise die Klinik verlassen."

„Wollen wir dann irgendwohin? Sag, wohin du möchtest."

„Allzu weit weg dürfte es nicht sein. Ach, denk du dir was aus!"

„Ganz anders als sonst."

„Ist doch auch mal nett. Ich möchte dahin, wo du hinwillst. Ich freue mich schon drauf. Dafür werde ich mein Bestes geben."

Als sie das eigenmächtig so beschloss, guckte sie wieder fröhlicher.

Ich nahm mir vor, den Kuchen nach Betriebsschluss in der Küche des Maid-Cafés zu backen, sobald ich mit meiner

Arbeit fertig war. Da Kuchen dort auf der Karte stand, wusste ich, wie man backt und hatte alle Zutaten zur Hand. Der Chef war auch nicht da. Solange er nichts davon erfuhr, würde ich sicher keinen Ärger kriegen.

„Was machst du da, Okada?", fragte Riko, die unerwartet auftauchte.

„Ach, ich backe einen Kuchen für mich privat."

„Soll ich helfen?"

„Tja, weißt du, was Kuchen angeht ..."

„Da gehörst du zu denen, die lieber allein backen?"

Sie klang, als würde sie schmollen. Ich wusste nicht, was ich sagen sollte.

„Ein andermal", meinte ich ausweichend.

„Also gut, ein andermal. Abgemacht?" Dann ging sie nach Hause.

„Sag mal, ist der Kuchen nicht ein bisschen zu süß?" Mamizu runzelte kritisch die Stirn.

„Wenn du nur rummäkelst, dann musst du ihn nicht essen."

Der Kuchen war eine Erdbeertarte, eine Eigenkreation, die nicht auf der Karte des Cafés stand. Dafür hatte ich bis nach elf Uhr abends in der Küche geschuftet. War ihr nicht klar, wie viel Mühe ich mir gegeben hatte? Ich war ein bisschen sauer.

„Tut mir leid, tut mir leid. Der Kuchen ist wunderbar süß und köstlich. Nicht eingeschnappt sein, Takuya!", rief sie und schob hastig meine Hand beiseite, als ich ihr den Teller wegnehmen wollte. Unter weiteren Kommentaren aß sie schließlich das ganze Stück auf, das ich ihr gegeben hatte.

„Na, lecker, nicht wahr?", fragte ich mit stolzem Gesicht.

„Du bist ein wahrer Meisterbäcker!", übertrieb sie. Ich fühlte mich verschaukelt.

„Übrigens, welche Körbchengröße hast du?", fragte ich überraschend, was Mamizu umgehend mit einem Fauststoß quittierte.

„Was soll das auf einmal?"

„Ach, ich war nur neugierig."

„Das geht dich nichts an."

„Gut, wie viel wiegst du?"

„Keine Ahnung."

„Blutgruppe?"

„Ist geheim."

„Komm schon, das kannst du wenigstens verraten."

„Gruppe 0."

„Schuhgröße?"

„Achtunddreißigeinhalb."

„Boah, riesig!"

„Gar nicht wahr! Das ist ganz normal!"

Nachdem Mamizu wütend geworden war, beschloss ich, nach Hause zu gehen.

Daheim angekommen, wollte ich mit meiner Mutter den restlichen Kuchen aufessen.

„Dein Vater hat es nicht so mit Süßem. Aber ich muss schon sagen, ich bin wirklich erstaunt, dass du einen Kuchen gemacht hast. Was ist es denn für einer?"

„Eine Erdbeertarte", antwortete ich, während ich den Kuchen auf Tellern verteilte.

Meine Mutter brachte Gabeln und probierte gleich einen Happen.

„Sag mal, hast du dich da nicht mit der Zuckermenge vertan?", wandte sie mit mürrischem Blick ein.

Das kann doch nicht sein! Ich schob mir auch ein Stück in den Mund.

„Bäh, ist das süß!" Ich hatte das Gefühl, meine Zunge klebte fest. „Ich fasse es nicht, dass sie das gegessen hat ...!", entfuhr es mir unwillkürlich.

„Sie?"

„Ach, nichts."

Ich wich dem Blick meiner Mutter aus und sah, wie Schildkröterich in seiner Ecke des Wohnzimmers gähnte. *So was, Schildkröten gähnen.*

„Mama, meinst du, Schildkröterich isst Kuchen?"

„Nein, kann ich mir nicht vorstellen."

Das konnte ich eigentlich auch nicht, trotzdem wollte ich es ausprobieren. Ich teilte mit der Kuchengabel ein kleines Stückchen Erdbeertarte ab und legte es in das Schildkrötenterrarium.

„Lass das!", protestierte meine Mutter. „Der Arme wird sich noch den Magen verderben."

Nach kurzer Beobachtung zeigte Schildkröterich schließlich Interesse am Kuchen.

Wird er ihn essen? Wird er ihn verschmähen?

Mit einem Happs verschluckte die Schildkröte den Kuchen.

Würg! Im nächsten Moment spuckte sie ihn wieder aus.

„Ist einfach zu süß, nicht wahr?", sagte meine Mutter mitfühlend zu Schildkröterich und ging in die Küche, um die Teller abzuwaschen.

Als ich Mamizu einige Tage später wieder besuchte, trug sie seltsamerweise pinkfarbenen Nagellack.

„Na, ist heute etwas Besonderes los?", fragte ich. „Bekommst du nachher noch Besuch von einem heißen Typen?"

Während ich mich ihr näherte, verbarg ich etwas hinter meinem Rücken.

„Genau. Sobald du weg bist, habe ich ein Date mit Benedict Cumberbatch.

„Du stehst auf Benedict Cumberbatch?“ Das konnte ich überhaupt nicht nachvollziehen.

„Ach Mann, das ist so öde! Jeden Tag der gleiche blöde Blick aus dem gleichen blöden Fenster!“, klagte Mamizu.

„Jammern bringt auch nichts.“

„Ja, mag sein. Trotzdem ... Ach, der arme Schildkröterich kann einem auch leidtun!“, rief sie plötzlich aus. „Verbringt sein ganzes Leben in einem Wasserbecken. Es geht ihm genau wie mir. Ich würde ihm zu gerne mal das Meer zeigen.“ Ihr Ton war etwas sentimental.

Was erzählt sie das mir?, fragte ich mich. Es klang, als ob sie prinzipiell etwas gegen Haustierhaltung einzuwenden hätte.

„Übrigens, Takyua, was versteckst du da hinter deinem Rücken?“

„Och, das lag da so rum“, murmelte ich und überreichte ihr mein Mitbringsel. Es war ein strahlendweißer Schuhkarton.

„Das ist die dämlichste Art der Welt, ein Geschenk zu überreichen“, nörgelte Mamizu leicht verärgert, als sei sie wirklich verstimmt. Sie öffnete die Schachtel. „Das gibt's nicht! Woher wusstest du das?“

Sie nahm den Inhalt heraus und bestaunte ihn ungläubig.

Es waren ein Paar rote Pumps. Genau die gleiche Marke und das gleiche Modell wie aus der Zeitschrift, die sie gelesen hatte. Ich hatte danach gesucht und war in einem Kaufhaus fündig geworden.

„Die habe ich mir so gewünscht!"

„Probier sie mal an."

„Darf ich?" Sie sah etwas schüchtern zu mir auf. Diesen Blick kannte ich noch nicht an ihr.

Ganz vorsichtig, aber mit offensichtlichem Herzklopfen, streckte Mamizu den Fuß vor und schlüpfte in einen Schuh. Würde er ihr stehen? Würde er ihr passen? Durfte sie ihn wirklich anziehen? Mamizu war so aufgeregt wie Aschenputtel im Märchen.

„Wow, die passen wie angegossen! Wahnsinn! Kannst du Gedanken lesen?"

Nicht nur die Größe stimmte, der Schuh wirkte auch perfekt zu ihrem schlanken, hellen Fuß.

„Nach der Größe hab ich doch neulich gefragt."

„Stimmt!" Mit einem Blick, als sei der Groschen gerade gefallen, sah sie mich erstaunt an.

„Ganz schön raffiniert."

„Tja."

Mamizu zog beide Schuhe an und ließ die Beine vom Bett baumeln.

„Ach, ich würde zu gerne mal wieder Purikura-Bilder* machen", seufzte sie mit verträumtem Blick zur Decke

---

* Purikura (von engl. „print club") sind Fotoautomaten, in denen man kleine Fotosticker machen kann.

hoch. „Das hat nichts mit meiner Wunschliste zu tun, ich würde einfach gerne mal wieder Purikura-Bilder machen." Sie sprang vom Bett. „Ich war in der Mittelschule, als ich in die Klinik kam. In meiner Zeit hier bin ich vom Kind zur Erwachsenen geworden."

Ich hatte meine Zweifel daran, ob jemand in der zehnten Klasse wirklich ein Erwachsener war. Ich sparte mir jedoch irgendwelche Bemerkungen, weil mir in etwa klar war, was sie sagen wollte.

„Ich laufe mal ein Stückchen."

Mamizu reckte den Rücken gerade und begann, in gerader Haltung durchs Zimmer zu gehen. Sie verschwand kurz durch die Tür nach draußen.

Als sie zurückkam, schritt sie wie ein Model über den Catwalk. Ich musste lachen. Sie legte die Hand auf die Hüfte, stellte die Füße etwas auseinander und warf sich in Pose.

„Na, was sagst du jetzt?"

Ich klatschte lachend Beifall. Mamizu lächelte ein bisschen verlegen. Dann kam sie auf meine Seite des Betts zurück und flüsterte mir ins Ohr: „Ich habe Körbchengröße D."

Jetzt wurde ich verlegen. Weil ich nicht wusste, wie ich reagieren sollte, klatschte ich einfach noch mal. Mamizu lachte.

Daheim legte ich mich wie üblich vor den Hausaltar für Meiko und schlug das Freizeitmagazin auf, das ich gekauft hatte. Ich hatte mich an den Ausflug erinnert, den Mamizu und ich machen wollten, falls ihre Untersuchung günstig ausfiel. Auf der Suche nach einem geeigneten Ausflugsziel fing ich an, die Zeitschrift durchzublättern. Da vibrierte mein Handy. Es war eine Nachricht von Mamizu.

Die Untersuchungsergebnisse sind da. Gar nicht gut.

Ich warf das Heft in dem Mülleimer.

5

Das Erdgeschoss des Krankenhauses, in dem Mamizu lag, war als Ambulanzstation für Tagespatienten eingerichtet. Dort reihten sich Bänke in dem speziellen ausgewaschenen Farbton, den man in öffentlichen Einrichtungen fand.

Eines Tages sah ich bei meiner Ankunft Mamizus Mutter auf einer dieser Bänke sitzen. Ich wollte auf sie zugehen, um sie zu begrüßen, als ich merkte, dass etwas nicht stimmte.

Frau Watarase sah aus, als würde sie sterben. Sie war bleich wie die Wand, ihre Gesichtszüge waren verkrampft. Bei genauerem Blick erkannte ich, wie sie zitterte. Nicht nur an den Händen oder Füßen, ihr ganzer Körper bebte. Es war ein bemitleidenswerter Anblick.

„Ist alles in Ordnung?“, sprach ich sie an, statt Guten Tag zu sagen, wie ich es vorgehabt hatte.

Sie blickte mich an wie im Fieberwahn.

„Besuchst du Mamizu heute wieder?“

„Ist etwas passiert?“, fragte ich mit unterdrückter Angst.

„Ich sollte in dieser Verfassung nicht zu ihr, oder?“

Da ich dazu weder Ja noch Nein sagen konnte, blieb ich lieber still.

In mein Schweigen hinein reichte mir Frau Watarase eine Papiertüte, die sie neben sich gehabt hatte.

„Entschuldigung, würdest du Mamizu das bitte geben?"

Geben Sie es ihr doch selbst!, dachte ich kurz, doch dann nahm ich die Tüte, ohne etwas zu sagen.

„Ich glaube, es ist besser, wenn sie mich jetzt nicht sieht."

Dann stand sie auf, dankte mir und ging mit wackligen Schritten Richtung Ausgang. Nachdem ich ihr geistesabwesend nachgesehen hatte, machte ich mich zu Mamizu auf. Im Aufzug gingen mir Frau Watarases Worte immer noch nach. Ich überlegte, was sie zu bedeuten hatten. Mir kam nichts Gutes in den Sinn.

Mamizu blickte mir in die Augen, sobald ich ihr Zimmer betrat.

„Ich dachte schon, du kommst nicht mehr."

Das Licht, das durchs Fenster fiel, beleuchtete sanft ihre Silhouette.

Wie hübsch sie ist, bewunderte ich sie in Gedanken. Ich fragte mich, was für ein Leben sie ohne die Krankheit wohl gehabt hätte. Sicher wäre sie immer von Menschen umgeben gewesen und eine viel fröhlichere Person geworden. Vielleicht hätten wir dann nie Kontakt gehabt.

„Wieso?"

Ich setzte mich auf den Hocker neben dem Bett und schlug die Beine übereinander.

„Ich dachte, du bist vielleicht böse auf mich.“

„Warum sollte ich?“

„Erst sage ich, lass uns einen Ausflug machen und dann wird nichts draus ...“

„Wieso sollte ich deswegen böse sein?“ Ich begriff überhaupt nicht, wie sie so denken konnte.

„Ich habe immer Angst, ich mache dir nichts als Ärger mit meinen Launen. Früher oder später hast du das satt und kommst eines Tages nicht mehr. Dann ist es vorbei.“

„Nein, natürlich nicht“, sagte ich, ohne groß nachzudenken, nur um sie zu beruhigen.

„Sag, kommst du mich auch noch besuchen, wenn ich es dir irgendwann streng verbiete?“

Mit dieser absurden Frage brachte Mamizu mich in Verlegenheit. Sie wirkte niedergeschlagen. Lag es am schlechten Ergebnis der Untersuchung? Irgendwas war passiert, das sie aus der Fassung gebracht und entmutigt hatte.

„Zerbrich dir doch nicht den Kopf über solche Dinge.“

Um das Gespräch zu beenden, händigte ich ihr die Papiertüte aus.

„Hier. Das hat mir deine Mutter für dich gegeben, als ich ihr vorhin am Eingang begegnet bin. Sie wirkte etwas beschäftigt.“

„Weißt du, Takuya, meine Mutter ist in Wahrheit kein schlechter Mensch. Die Sache neulich tut mir leid. Früher war sie viel ausgeglichener. Wahrscheinlich ist Mama meinetwegen so gestresst", sagte sie, während sie den Inhalt der Tüte herausholte. Es kamen Stricknadeln und eine angefangene Strickarbeit zum Vorschein.

„Was ist das?", fragte ich neugierig.

„Das Strickprojekt, das ich in der Mittelschule angefangen und kurze Zeit später frustriert aufgegeben habe. Jetzt ist mir das wieder eingefallen. Ich hab mir überlegt, wenn ich schon dabei bin, will ich auch solche Dinge nicht unerledigt lassen."

Ratlos betrachtete sie das unfertige Gewirr von Wollfäden. Es hatte noch keine richtige Gestalt angenommen.

„Damals wollte ich einen Pullover stricken. Aber ich fürchte, ich werde nicht rechtzeitig fertig."

„Wofür?"

„Na, bis zum Winter. Was will man im Frühling mit warmen Stricksachen?"

Mit einem tiefen Seufzer legte sie sich hin. Dann sah sie mich schwermütig an.

„Sag, was willst du als Nächstes machen?", fragte ich, als sei das ganz selbstverständlich.

„Mal überlegen ... Ich würde zu gerne den Nachthimmel sehen!", sagte Mamizu lächelnd, als sei das zu viel verlangt. „Ich liebe die Sterne." Ihre Stimme hatte etwas Einschmeichelndes. So vertraulich hatte sie noch nie geklungen.

Vielleicht nahm die Distanz zwischen uns ab. Oder sie war schon zu sehr geschwunden.

6

Offenbar leuchtete der Körper jedes Menschen ein bisschen. Dieses Licht war jedoch viel zu schwach, um es mit dem bloßen Auge zu erkennen, darum waren wir uns dessen im Alltag nicht bewusst. Nicht nur Menschen, alle Lebewesen strahlten ein schwaches Licht aus. Das Licht dieser sogenannten Biophotonen war nur ein Millionstel so hell wie das der Sterne. Bei einer extremen Störung dieser natürlichen Lichtemission sprach man von der Leuchtkrankheit.

Als ich an jenem Tag wieder daheim war, kam ich ins Nachdenken. Ich lag nachts im Bett, starrte die Decke an und grübelte. Was konnte ich für Mamizu tun? Waren die Dinge von ihrer Liste echte Herzenswünsche? Das machte mir auf einmal Sorgen. Ich hatte den Eindruck, mit jedem Wunsch, den ich ihr erfüllte, kamen Mamizus Gefühle dem Tod näher. Ich fragte mich, ob ich wirklich das Richtige tat.

Es war eine schlaflose Nacht. Als ich auf den Wecker sah, war nach zwei Uhr. Gegen Mitternacht war ich ins Bett gegangen, ich zerbrach mir also schon seit mehr als zwei Stunden den Kopf.

Ich stand auf und ging nach unten. In der stockdunklen Küche tastete ich mich zur Kühlschranktür. Als ich sie öffnete, blendete mich das Licht. Ich war ein bisschen hungrig, also wühlte ich nach etwas Essbarem.

Nachdem ich Schinken und Limonade erbeutet hatte, ging ich damit auf die Terrasse. Irgendwelche Insekten zirpten in der Sommernacht. Obwohl ich nicht damit rechnete, dass er um diese Zeit wach war, rief ich Kayama an.

„Was geht ab, Okada? Das machst du doch sonst nicht."

„Warum bist du auf? Geh schnell schlafen!" Ich gab grundlos ein seltsames Lachen von mir.

„Mann, was ist mit dir los? Wo bist du gerade?

„Auf unserer Terrasse."

„Im ersten Stock?"

„Nein, Erdgeschoss. Warum fragst du?"

„Erdgeschoss ist okay. Hast du was getrunken?"

Bei diesen Worten ging mir auf: Solche nächtlichen Anrufe wurden wohl häufig unter Alkoholeinfluss gemacht.

„Ich bin noch minderjährig."

„Hast du noch nie was getrunken?"

„So kann man das auch nicht sagen."

„Also, was gibt's zu dieser späten Stunde, wenn du nicht besoffen bist?"

„Warum kann ich nicht schlafen?"

„Idiot! Woher soll ich das wissen?", schnaubte Kayama verächtlich, ganz der Alte.

„Hör zu, Mamizus Zustand ist nicht gut."

„Und?"

„Solltest du sie nicht besuchen?"

„Wenn mir danach ist."

„Sag mal, Kayama, warum hast du deine ganzen Frauengeschichten beendet?"

„Hm, gute Frage. Sie sind sinnlos geworden."

„Es macht mir Angst, wenn du mal was halbwegs Aufrichtiges sagst. Hast du dich etwa ernsthaft verliebt?"

„Ich möchte meiner ersten Liebe meine Gefühle gestehen. Vorher wollte ich anständig werden."

„Das ist jetzt ein Witz, oder?"

„Was sonst?"

In dem Moment war plötzlich die Verbindung weg. Ich wusste nicht, ob er aufgehängt hatte oder einfach der Empfang schlecht war. Es war jedenfalls nicht der Mühe wert, ihn noch mal anzurufen. So endete das Gespräch an dieser Stelle. Dann aß ich im Stehen den Schinken. Ich wünschte, ich hätte Mayonnaise dazu gehabt.

Ich ging zurück ins Haus und setzte mich vor den Hausaltar.

Hallo, Meiko.

„Stirbt der Mensch, den man liebt, muss man sich selbst töten."

Ich habe dein Geheimnis noch keinem verraten. Ich werde mein Versprechen halten.

Ich hörte ein leichtes Rascheln. Als ich mich umdrehte, sah ich Schildkröterich, der auch noch wach war. Er war aus seinem Wasserbecken entkommen und machte einen nächtlichen Spaziergang durchs Wohnzimmer. Eilig fing ich ihn ein und setzte ihn wieder zurück.

Beim Anblick der Schildkröte bekam ich das Gefühl, alle menschlichen Bemühungen könnten vergeblich sein.

Auf diese Erkenntnis hätte ich eigentlich beruhigt schlafen sollen, doch daraus wurde nichts. Auch als ich wieder in meinem Zimmer war, fand ich keinen Schlaf.

Ich ächzte unwillkürlich und wälzte mich im Bett hin und her. Von Gedanken gequält, die sich wie ein Karussell wieder und wieder in meinem Kopf drehten, schlief ich irgendwann endlich ein.

☽

Am nächsten Morgen war Mamizu in der Schule. Sie saß auf dem Platz neben mir.

„Guten Morgen, Takuya!"

„Mamizu! Was machst du hier?", rief ich verblüfft.

„Ich leide nicht mehr an der Leuchtkrankheit! Die Ärzte sprechen von einer Wunderheilung!" Sie hatte tatsächlich eine recht gesunde Gesichtsfarbe. „Schau!" Mamizu drehte eine Pirouette und sprang in die Luft. „Jetzt kann ich sogar über den Himmel fliegen!"

„Verstehe. Das ist schön." Ich freute mich wirklich. Mamizu war wieder gesund.

„Ab jetzt gehen wir zusammen zur Schule. Lass uns gute Klassenkameraden sein, Takuya."

Ich war glücklich. *Was es nicht alles gibt,* dachte ich. *Es geschehen also doch Wunder.*

Mamizu und ich aßen gemeinsam zu Mittag. Sie lachte und schien Spaß zu haben.

„Gehen wir bald mal irgendwohin?!", schlug sie vor.

Irgendwie bekam ich ein bisschen Herzklopfen.

„Du meinst, als Date?"

„Quatsch!" Sie lächelte etwas verlegen.

Wir sprachen darüber, wo wir am Wochenende hingehen könnten. Vielleicht hierhin oder lieber dorthin? Wir ließen unserer Fantasie freien Lauf. Ich dachte, solange ich mit Mamizu hinginge, würde es mir überall gefallen.

Dennoch ... Ich wusste es. Nach und nach begriff ich.

Auf uns wartete garantiert keine so glückliche Entwicklung. Das war unmöglich. Im wahren Leben passierten solche Dinge nicht. Während ich mit Mamizu sprach, wurde mir das klar.

„Was hast du, Takuya?", fragte sie verwundert. „Warum weinst du?"

Ich wusste auch nicht, warum ich weinte, doch ich konnte einfach nicht anders.

☽

In diesem Moment wachte ich auf. Natürlich hatte ich nur geträumt. Draußen war es inzwischen hell geworden. Ich fühlte mich vollkommen entkräftet und war nicht zur geringsten Bewegung fähig.

Nicht nur im Traum, auch im Schlaf hatte ich geweint. Selbst nach dem Aufwachen wollten die Tränen einfach nicht aufhören zu fließen.

Mamizu würde irgendwann sterben.

Was würde ich dann machen?

Und was konnte ich bis dahin für sie tun?

Den Sternenhimmel müsste man auch von einem Krankenhaus aus sehen können, hatte ich mir überlegt. Das Problem war nur, dass bei Mamizu die Besuchszeit um acht Uhr abends endete. Da wir Sommer hatten, war der Himmel um diese Zeit noch ziemlich hell. Zu hell, um Sterne zu sehen. Also beschloss ich, mich spätabends heimlich in die Klinik zu schleichen.

Nachts, nach der offiziellen Lichtlöschzeit, war nur das Nachtpersonal im Krankenhaus. Ich kam durch den Notausgang herein und huschte leise die Fluchttreppe hoch, in Richtung Mamizus Zimmer. Unterm Arm trug ich ein Teleskop. Auch wenn es kein Profiinstrument war, hatte es mich im Kaufhaus doch die stolze Summe von vierzigtausend Yen* gekostet. Damit hatte ich fast das ganze Geld ausgegeben, das ich bei meinem Job verdient hatte. Aber wenn ich Mamizu damit eine Freude machen konnte, störte mich das überhaupt nicht.

Auf dem richtigen Stockwerk angekommen, ging ich hinein und schlich vorsichtig den Gang entlang. Wenn mich eine der Schwestern entdeckt hätte, wäre alles aus gewesen, doch ich hatte Glück. Mit bedächtigen Schritten erreichte ich Mamizus Zimmer. Behutsam näherte ich mich ihrem Bett und schüttelte sie wach. Sie schlug überrascht die Augen auf.

„Takuya? Was machst du hier?“

„Leise. Wir gehen jetzt aufs Dach“, flüsterte ich mit angehaltenem Atem.

„Jetzt?“

Mamizu war noch etwas verschlafen, doch als ich ihr das Teleskop zeigte, breitete sich Verständnis auf ihrem Gesicht aus.

„Das wäre doch nicht nötig gewesen. Warte, ich stehe richtig auf.“

Sie stieg langsam aus dem Bett. Ich stützte Mamizu auf dem Weg zum Dach. Anders als üblich war es frei zugänglich. Wahrscheinlich, weil es praktisch zum Wäschetrocknen war – kreuz und quer hingen Wäscheleinen. In

* 40000 Yen sind knapp 330 Euro. (Stand Anf. 2020)

einer Ecke stand eine Plastikbank, auf die ich Mamizu setzte.

„Das ist für mich auch neu, deshalb wird es ein bisschen dauern."

Natürlich hatte ich noch nie den Himmel durch ein Teleskop beobachtet. Ich musste meine Augen anstrengen, um in der Dunkelheit die Gebrauchsanweisung zu entziffern, mit deren Hilfe ich das Instrument neben Mamizu aufbaute.

„Oh nein!"

Sie stieß einen kleinen Schrei aus. Erschrocken drehte ich mich zu ihr.

Ich war wie vom Schlag getroffen.

Manchmal gab es Momente, in denen ich Mamizus Leuchtkrankheit beinah vergaß. Wenn wir so zusammen waren, kam es auch vor, dass ich mich fragte, ob sie überhaupt wirklich krank war.

Doch daran konnte es keinen Zweifel geben.

Ein sanftes, glimmendes Licht ging von Mamizus Körper aus. Die nackte Haut, die unter den Ärmeln ihres Schlafanzugs zum Vorschein kam, schimmerte in einem fluoreszierenden Weiß. Dieses Symptom war für die Leuchtkrankheit charakteristisch. Als ich hochsah, strahlte der Mond hell am Nachthimmel. Wenn Mamizu vom Mond beschienen wurde, leuchtete ihr Körper. Das war die Besonderheit der Krankheit, an der sie litt.

„Bitte sieh nicht her, ich schäme mich", flehte sie mich an. Doch ich konnte überhaupt nichts Beschämendes an ihrer Erscheinung finden.

„Tut mir leid". Gleich darauf sagte ich ihr ehrlich, wie sie in meinen Augen wirkte: „Entschuldigung, aber du bist wunderschön."

Das war sie wirklich. In dieser Nacht auf dem Krankenhausdach leuchtete ihr flüchtiges Leben wie ein Glühwürmchen.

„Das war dumm von mir. Ich hätte nicht mit dir aufs Dach kommen sollen."

Mamizu war sichtlich geschockt, dass ich sie so gesehen hatte. *Warum nur?*

„Das stößt dich sicher ab."

Das stimmte ganz und gar nicht. Doch wie konnte ich ihr das vermitteln?

„Ich sehe aus wie ein Geist oder Gespenst."

Offenbar hatte Mamizu Komplexe, weil ihr Körper aufgrund der Krankheit leuchtete.

„Nein, du bist du", war alles, was ich schließlich rausbrachte.

Ich baute das Teleskop fertig auf und blickte zur Kontrolle durch. Man konnte wirklich unzählige Himmelskörper sehen. *Gar nicht so übel für einen Anfänger,* fand ich.

„Wir haben schönes Wetter, man kann die Sterne sehr gut sehen“, ermutigte ich Mamizu, sich selbst davon zu überzeugen.

Ein wenig unsicher näherte sie sich dem Instrument und sah durch.

„Ja! Tatsächlich ...“

Sie war vollkommen fasziniert von der Welt im Teleskop. Ihre Reaktion war die eines Kindes, das zum ersten Mal ein Kaleidoskop sah. Ihre Stimme war von dem ungläubigen Staunen erfüllt, dass es wunderschöne Dinge auf der Erde gab. Allein dafür hatte sich die ganze Aktion doch schon gelohnt.

„Sag mal, Takuya, hast du eigentlich eine Freundin?“, wollte Mamizu wissen, ohne den Blick vom Teleskop zu nehmen.

„Wenn ich eine hätte, würde ich dich dann ständig besuchen?“

„Auch wieder wahr. Gibt's wenigstens ein Mädchen, das du magst?“

Mamizu wandte sich mir zu und sah mich ernst an.

„Davor habe ich irgendwie Angst“, gestand ich, ohne ihr in die Augen zu sehen.

„Angst, jemanden gernzuhaben?“

Ich konnte ihre Frage nicht beantworten. Meikos Gesicht war plötzlich vor meinem geistigen Auge aufgetaucht.

Ich schüttelte kurz den Kopf, um diese bedrückende Erscheinung zu verscheuchen. „Ich komme nicht so gut an bei den Frauen“, erwiderte ich stattdessen.

„Das kann ich mir nicht vorstellen.“

Mit einer geschmeidigen Bewegung macht Mamizu plötzlich zwei, drei Schritte auf mich zu und erfasste sanft meinen Arm. Es war umwerfend, wie geschickt sie an mich herangekommen war.

„Sollen wir einen Probelauf machen? Damit du eine Freundin finden kannst?“

„Nicht nötig.“

„Ich würde das aber gerne machen. Bitte, nur fünf Minuten.“ Mit diesen Worten zog sie mich mit zum Teleskop.

„Ist das auch etwas, das du vor deinem Tod noch tun willst?“

Statt die Frage zu beantworten, wies sie mich an, mich neben sie zu setzen und durchs Teleskop zu schauen.

Mein Blick wurde auf einmal vom Weltall erfüllt. Wie damals, als ich bei einem Physikexperiment durch ein Mikroskop gesehen hatte, wechselte schlagartig der Maßstab der Welt und die Sterne, die so klein und entfernt gewesen waren, standen nun direkt vor meinen Augen. Diesen Anblick sah ich zum ersten Mal, obwohl es mein eigenes Teleskop war.

Wenn ich Mamizu nicht begegnet wäre, hätte ich den Nachthimmel wohl nie so gesehen.

„Versuch doch mal, was Romantisches zu sagen."

Mamizus Stimme drang wie durch Telepathie von außerhalb meines Blickfelds zu mir.

„Was? Vergiss es!"

„Eine laue Sommernacht, der Blick in den Sternenhimmel, eine hinreißende junge Frau neben dir – was willst du noch an Romantik?"

„Du bezeichnest dich selbst als ‚hinreißend'?"

„So war das nicht gemeint."

Mamizus Wunsch brachte mich wirklich in Verlegenheit. Ich durchkämmte mein Hirn nach Erinnerungen, förderte dabei jedoch nicht viel zu Tage. Ich hatte praktisch nie Liebesfilme gesehen.

„‚Ich will immer mit dir zusammen sein', so in der Art?"

Mamizu guckte kritisch, als ich zur ihr hinsah. Das war wohl nichts.

„‚Ich liebe dich von ganzem Herzen' …?"

„Sag das nicht so, als sei es dir von ganzem Herzen egal!"

„Für dich würde ich sterben."

„Bist du überhaupt bei der Sache?"

„Das ist nicht fair", protestierte ich. Ich verlor langsam die Geduld. „Ich mühe mich hier ab, während du bloß schnippische Bemerkungen einwirfst!"

Mamizu legte den Kopf leicht zur Seite, als wollte sie fragen: „Und was jetzt?"

„Vielleicht wäre ich motivierter, wenn du auch mitmachen würdest."

Lass doch du mal was hören!, fand ich.

„Also gut."

Mamizu rückte ein Stück näher heran, als wollte sie sich an meine Schulter lehnen. Ich schreckte kurz auf, doch dann blieb ich regungslos sitzen, statt zurückzuweichen – vielleicht aus Trotz.

„Es ist, als wären wir ganz allein auf der Welt", sagte Mamizu, während sie den Blick über die Umgebung schweifen ließ. So spät in der Nacht war nirgendwo eine Menschenseele zu bemerken.

„Wenn es wirklich so wäre, was würdest du tun?"

„Dann müsste ich dich wohl heiraten."

„Moment, was heißt hier ‚müssen'?"

Mamizu ignorierte meinen Widerspruch und lachte.

„Mach mir doch einen Antrag", schlug sie mit einem etwas zu vertraulichen Lächeln vor.

„Ich will dich lieben, ehren und achten, in guten wie in schlechten Zeiten, in Gesundheit wie in Krankheit, bis dass der Tod uns scheidet."

„Ich werde dich auch immer lieben, Takuya."

Mamizu sah mich an. Ich erwiderte ihren Blick.

„War nur ein Witz", fügte sie schnell hinzu.

„Ich lach mich schlapp", gab ich trocken zurück.

Dann streckte sie die Hand in Richtung Himmel wie um ihn zu berühren.

„Sag, haben auch die herrlichen Sterne nur ein endliches Leben?“, fragte sie in einem Ton, als wüsste sie die Antwort schon.

Ich richtete das Teleskop nach Süden und suchte nach einem Stern, während ich versuchte, mich daran zu erinnern, was ich in der Schule über Astronomie gelernt hatte.

„Die Sterne, die rot leuchten, nähern sich dem Ende ihrer Lebensdauer. Berühmt ist Antares, im Sternbild Skorpion. Am Ende verglühen sie und sterben.“

Ich richtete das Teleskop für Mamizu aus und überließ es ihr.

„Ob alle Sterne am Himmel irgendwann rot leuchten?“, sinnierte sie seufzend.

Ich versuchte, mir das vorzustellen, doch es gelang mir nicht richtig.

„Was passiert, wenn ein Stern stirbt?“

„Er verliert sein Licht und wird zu einer Art Sternleiche. Oder zu einem schwarzen Loch.“

Wenn ein massereicher Stern stirbt, explodiert er und stößt seine äußere Schicht ab. Der Rest des Sterns kollabiert unter seiner eigenen Schwerkraft und wird zu einem schwarzen Loch. Keinerlei Materie kann entkommen, nicht mal Licht, alles wird davon verschlungen.

Schwarze Löcher wachsen, indem sie sich im Weltall andere Sterne einverleiben. Sie können gigantisch werden.

„Gibt es das auch, dass Menschen von den Toten verschlungen werden?"

Ich wandte mich ihr betroffen zu.

„Ich möchte kein schwarzes Loch werden", sagte Mamizu in einem furchtbar schwermütigen Ton.

Das will niemand, dachte ich, sprach es jedoch nicht aus.

Antares war mit dem bloßen Auge gut zu erkennen, man nannte ihn auch das „Herz des Skorpions".

Da fiel mir ein: War es nicht so, dass der Skorpion sich gewünscht hatte, nach seinem Tod als Stern am Nachthimmel zu leuchten, damit jemand glücklich sein konnte? So würde ich eigentlich auch gerne sterben.

„Wenn alle Sterne zu schwarzen Löchern geworden sind, macht das Sternegucken aber nicht mehr viel Spaß."

„Ich glaube, vorher geht die Erde unter."

Der letzte Tag der Erde. Das klang nach Science-Fiction.

„Was passiert am Schluss mit dem Universum?"

„Es endet, schätze ich."

Das hatte in einem Buch gestanden, das ich vor langer Zeit mal in der Bibliothek gelesen hatte. Auch das Weltall endete irgendwann. Genau wie das menschliche Leben.

„Welchen Sinn hat die Existenz der Welt dann überhaupt?"

„Gar keinen. Das reden sich die Menschen nur ein."

Das Leben hat keinen Sinn. Nichts hat irgendeinen Sinn. Die Entropie nimmt zu und das Universum strebt dem Hitzetod entgegen. Wenn alles ausgelöscht ist, bleibt nur noch Totenstille. Nichts wird überleben. Auch Sprache und Geschichte verschwinden.

Das Universum hat sich durch eine spontane Explosion gebildet. Im Verlauf seiner Abkühlung entwickeln zufällig entstandene Lebewesen ein Bewusstsein, mit dem sie auf der Suche nach Sinn und Bedeutung umherirren. Ehrlich gesagt empfand ich dieses ganze fruchtlose Unterfangen nur als Qual.

„Was soll daran romantisch sein?"

Mamizu schürzte schmollend die Lippen, dann wandte sie sich wieder dem Blick durchs Teleskop zu.

Keiner sagte ein Wort mehr.

Vielleicht hatten wir noch nie zusammen so geschwiegen. Manchmal verlor man durch die Stille das Gefühl für die Realität. Das war einer dieser Momente. Es könnte an unserem Gespräch über die Sterne und das Weltall gelegen haben. Wenn man die Welt in solchen Maßstäben sah, kam man sich selbst nur noch wie eine Mikrobe vor.

Nachdem sie aufgehört hatte, mit mir zu sprechen, schien Mamizu ganz in der Betrachtung der Sterne versunken zu sein.

„Wirklich wunderschön …"

Sie war völlig fasziniert von der Welt im Teleskop.

Als ich sie so sah, wie sie mir arglos den Rücken zugedreht hatte, kam mir ein Gedanke. Zwischen ihren Haaren schien hier und da weiß leuchtend ihre Haut hervor, wie das Sonnenlicht durch einen Vorhangspalt.

„Ich liebe dich, Mamizu."

Sie wandte sich mir nicht zu. Sie verharrte reglos, ohne irgendeine Reaktion zu zeigen, als hätte ich nichts gesagt.

„Die fünf Minuten sind schon vorbei."

Ihre Stimme zitterte leicht.

Ich konnte ihr Gesicht nicht sehen. Nach wie vor hatte ich keine Ahnung, was in ihr vorging.

„Ich meine es ernst", sagte ich aufrichtig.

Einige Augenblicke herrschte Schweigen. Ich wartete.

„Es tut mir leid", sagte sie unerklärlicherweise mit Tränen in der Stimme.

Romeo und Julia

1

An meiner Oberschule sollten die Zehntklässler beim Schulfest eine Theatervorstellung geben. Per Abstimmung wurde entschieden, was wir spielen würden.

Die Wahl fiel auf *Romeo und Julia*.

Geht's noch abgedroschener?, fragte ich mich.

Heute wurden die Rollen verteilt.

„Gut, fangen wir mit Julia an. Ich hatte mir vorgestellt, es melden sich Kandidatinnen, und der Rest der Klasse stimmt durch Handzeichen darüber ab, wer von ihnen die Rolle spielen soll", erklärte unsere Klassenlehrerin Frau Yoshie. Sie wirkte heiter und unbelastet. Offenbar hing sie der Sache mit Kayama nicht mehr nach. Er hatte den Zeitpunkt der Trennung wohl bewusst so gewählt, dass sie in den Sommerferien Zeit hatte, ihre Gefühle zu ordnen.

Ich sah mich um. Alle versuchten, möglichst unbeteiligt zu wirken. An unserer Schule wurde großen Wert auf eine gute Vorbereitung für die Universität gelegt, deshalb besuchten bereits in der zehnten Klasse viele Schüler zusätzliche Paukschulen.

Nur die wenigsten waren an weiteren schulischen Aktivitäten interessiert. Eine Nebenrolle wäre vielleicht noch gegangen, doch um eine zeitaufwändige Hauptrolle mit viel Text riss sich keiner.

Das war in allen Klassen so, nicht nur in unserer. Am Ende lief es meist darauf hinaus, dass die Lehrkraft jemanden bestimmte.

„Es findet sich also niemand...?", summierte Frau Yoshie enttäuscht die Lage.

Ich atmete kurz durch, machte mich bereit und hob entschlossen die Hand.

„Doch, ich."

Im gleichen Augenblick explodierte die Klasse, alle brachen in schallendes Lachen aus. Ich hatte mich jedoch definitiv nicht für einen schnellen Gag gemeldet.

„Hör zu, Okada, Julia ist eine Frauenrolle. Du bist doch ein Mann."

„Ich wollte schon immer mal Frauenkleider tragen."

Bei diesen Worten erbebte das Klassenzimmer erneut vor Gelächter.

„Nein, kommt nicht infrage", schob die Lehrerin meine Äußerung beiseite. Dann fragte sie auffordernd in die Runde: „Hat keins der Mädchen Interesse?"

Keine Hand hob sich. Niemand hatte Lust, die Rolle zu übernehmen, das war offensichtlich.

In dem Moment sagte jemand: „Vielleicht kommt das Stück mit einem Kerl ja besser an?"

Auch andere stimmten zu: „Da ist was dran." – „Das wird ein Brüller!" – „Das könnte hinhauen."

Schließlich gab Frau Yoshie teilweise nach.

„Hmm … Ich bin zwar dagegen, aber letztlich ist es eure Entscheidung. Also, wer für Okada als Julia ist, hebt bitte die Hand."

Ein paar Hände gingen hoch, nach und nach wurden es mehr. Auf den ersten Blick schienen zwei Drittel der Klasse dafür zu stimmen.

„In Ordnung, bleiben wir erst mal bei Okada. Aber falls sich doch noch ein Mädchen meldet, bekommt sie die Rolle. Einverstanden?"

Ich konnte mir nicht vorstellen, dass sich jemand melden würde, aber zumindest hatte sich damit die Lage wieder etwas beruhigt.

„Jetzt brauchen wir noch einen Romeo. Sollen wir da ein Mädchen nehmen?", fragte Frau Yoshie leicht spöttisch. Das war wohl ihre Art zu scherzen.

Doch das änderte nichts daran, dass niemand die Hand hob. Die Lehrerin ließ verzweifelt ihren Blick über die Klasse schweifen.

Da meldete sich plötzlich Kayama: „Dann mache ich das."

„A-Also gut, dann sollte wohl Kayama die Rolle übernehmen", meinte Frau Yoshie leicht überrascht und schrieb Kayamas und meinen Namen auf die Tafel.

Romeo: Akira Kayama
Julia: Takuya Okada

Was für eine furchtbare Besetzung!, dachte ich beim Anblick der Namen auf der Tafel.

„Warum hast du dich gemeldet?", fragte ich Kayama nach der Stunde.

„Um aufzufallen", erwiderte er gleichgültig.

„Ich hätte gewettet, du willst Frau Yoshie in Verlegenheit bringen."

„Du machst dir zu viele Gedanken. Und überhaupt, dass du die Julia spielst, ist doch viel schräger. Was soll der Quatsch eigentlich? Du bist deutlich seltsamer drauf als ich."

„Ich habe meine Gründe."

Normalerweise war ich nicht der Typ, der gerne an solchen Schulveranstaltungen teilnahm, insofern war Kayamas Reaktion verständlich.

Danach kam die sechste Stunde und da hatten wir Sport. Beim Sportunterricht sah Kayama meist nur zu, so auch an jenem Tag.

Er saß in einer Ecke und beobachtete das Geschehen auf dem Basketballfeld. Seit ich mit Kayama in einer Klasse war, war ich beim Sportunterricht immer angespannt. Am schlimmsten war es, wenn wir Basketball spielten.

Ein Pass landete bei mir. Ich wägte ab, ob ich dribbeln oder werfen sollte. In diesem Moment geriet Kayama kurz in mein Blickfeld. Im nächsten Augenblick nahm mir ein gegnerischer Spieler den Ball ab.

„Stümper nicht so rum, Julia!“, rief mir Kayama leicht verärgert zu. Kichern war zu hören.

Als ich mich nach hinten umdrehte, war das Spiel bereits weitergelaufen und unsere Mannschaft hatte im Handumdrehen einen Treffer kassiert. Während ich noch überlegte, ob das meine Schuld sein könnte, weil ich nicht gleich wieder einsatzbereit war, kam als Konter ein weiterer Pass von einem Mitspieler angeflogen. Dabei rief er mir „Julia Okada!“ zu. Das klang wie der Künstlername eines erfolglosen Komikers. Ich ließ einen Stoßseufzer los, setzte zum Sprung an und warf. Der Ball beschrieb einen Bogen und fiel ins Netz. Erstaunt blickte ich Kayama an. Unsere Blicke trafen sich.

„Was ist?“, fragte er gereizt.

Ich stand regungslos, ohne etwas zu sagen. Warum hatte ich in Kayamas Richtung gesehen, nachdem ich einen Korb geworfen hatte? Ich bereute dieses reflexartige Verhalten.

☽

Kayama war früher Basketballer. Bis zu der Sache im zweiten Jahr der Mittelschule.

Wir gingen damals in die gleiche Klasse, als eine fiese Clique von Mitschülern mich ins Visier nahm und schikanierte.

„Spring, Okada!", rief einer der Typen mir zu. Ich hielt mich am Geländer des Balkons vor unserem Klassenzimmer fest. „Wenn du endlich stirbst, sind wir auch happy."

Ich war zur Zielscheibe geworden, weil ich einen Klassenkameraden vor der Clique beschützt hatte. Obwohl ich nicht stark war und in einer körperlichen Auseinandersetzung keine Chancen hatte, hatte ich es nicht mit ansehen können, wie dem armen Kerl sein Mittagessen über den Kopf gekippt wurde.

Während ich mich am Geländer festklammerte, lachte ich über meine eigene Dummheit. Aus unerfindlichen Gründen hatte sich der Gemobbte nämlich der Bande angeschlossen, die mich quälte. Ich verstand nicht, was das sollte. Tat er das, um der Angst zu entkommen, irgendwann selbst wieder zum Opfer zu werden?

„Stirb! Stirb!"

Die anderen aus meiner Klasse taten offenbar, als bekämen sie nicht mit, was mir angetan wurde. Kein Wunder, ich war das beste Beispiel dafür, dass man nur Ärger kriegte, wenn man sich einmischte.

Mobbing kann verschiedene Formen annehmen. Mal sind es hinterhältige Methoden wie Beleidigung, Verleumdung oder Belästigung, mal ist es direkte Gewalt. In meinem

Fall war es Letzteres. Ich wurde geschlagen und getreten und war an einem Punkt angelangt, wo ich dieser Misshandlungen einfach müde war.

Beim Blick vom Balkon auf den Erdboden unter mir hatte ich das Gefühl, von diesem Abgrund verschlungen zu werden. Sterben schien mir gar nicht so übel. Zu vieles im Leben war irgendwie anstrengend. Wenn ich es mir recht überlegte, hatte ich nie besonderen Spaß am Leben gehabt.

„Verstanden", sagte ich kurz und kletterte über die Balkonbrüstung. Ich hielt mich rückwärts am Geländer fest und setzte die Füße auf den schmalen Balkonrand, wo meine Turnschuhe nur zur Hälfte Platz fanden. Dann blickte ich nach unten. Als ich mich nach hinten umdrehte, sah ich, wie mich meine Klassenkameraden teilnahmslos durch das offene Fenster beobachteten. Das Geschehen entlockte ihnen keine Reaktion. Vielleicht war es besser so, wie die Dinge jetzt standen, dann würde ich wenigstens nicht so werden wie die.

Ich blickte wieder nach unten. Der Wind wehte. Mir fiel meine Schwester ein, die vor einem Jahr gestorben war. Sterben kam mir einfach vor. Doch meine Beine zitterten. Ich konnte mich einfach nicht dazu durchringen.

In dem Moment passierte es.

„Hey, der Unterricht geht gleich los!"

Kayama öffnete die Balkontür und kam in meine Richtung. Überrascht drehte ich mich um.

„Schnauze! Halt dich da raus!“

Kayama ignorierte den Zuruf des Schlägertypen, als hätte er ihn nicht gehört. Er näherte sich mir. Bis dahin hatten wir praktisch nie richtig miteinander gesprochen. Dass er zum Basketballteam der Schule gehörte, war so ziemlich alles, was ich über ihn wusste. Trotzdem gab es eine Verbindung zwischen uns: Masataka Kayama.

Kayamas verstorbener Bruder war Meikos Freund gewesen. Da unsere Geschwister in einer Beziehung gewesen waren, mussten wir wohl oder übel gegenseitig unsere Existenz zur Kenntnis nehmen. Wir führten keine tiefschürfenden Gespräche über die Sache, aber gelegentlich trafen sich unsere Blicke. Doch weiter ging unser Verhältnis nicht. Bis zu diesem Zeitpunkt.

„Mann, seid ihr ein blöder Haufen“, sagte Kayama deutlich vernehmbar.

Ich war vollkommen baff. Um meinen Schreck zu überspielen, sagte ich mit ruhiger Stimme: „Lass mich in Ruhe.“

Darauf fasste mich Kayama leicht an der Schulter und meinte: „Ich will auch mitmachen.“

Er sprang im hohen Bogen über das Geländer und stellte sich neben mich.

„Hast du sie noch alle?“, brüllte der Schlägertyp.

„Okada hat hundertmal mehr Mumm in den Knochen als ihr!“, erwiderte Kayama. Er ließ das Geländer los und begann, in die Hände zu klatschen. „Natürlich bin ich noch mutiger.“ Im Rhythmus seines Klatschens tänzelte er auf Zehenspitzen den schmalen Balkonrand entlang.

Ich konnte es nicht glauben.

Alle starrten Kayama entgeistert an. Sein Auftritt hatte jeden in Bann geschlagen. Das war seine Show. Er bewegte sich leichtfüßig und geschickt. Es wirkte ganz, als hätte er keine Angst vor dem Tod.

Der Kerl ist verrückt!, dachte ich. *Vollkommen durchgedreht. Er hat einen Dachschaden!*

„Na, was sagst du jetzt?“

Voller Selbstbewusstsein wandte er sich mir triumphierend zu. Dann verlor er den Halt und stürzte ab. Ich hatte nicht mal Zeit, um zu erschrecken. Ich streckte noch die Hand nach ihm aus, erreichte ihn jedoch nicht. Fassungslos sah ich ihn fallen.

Kayama schaffte es, auf beiden Füßen zu landen. Bis dahin sah es noch gut aus, doch dann krümmte er sich am Boden, ein Bein haltend. Selbst von meiner Warte aus konnte ich erkennen, wie er sein Gesicht vor Schmerz verzog.

Von unten waren Schreie zu hören. Jemand rief: „Ruft einen Krankenwagen!“ Die Schlägertypen zerstreuten sich in alle Richtungen. Ich blieb allein auf dem Balkon zurück. Ich zitterte.

Plötzlich musste ich unwillkürlich lachen. Kayama hatte mich mit hochgerecktem Daumen angegrinst, obwohl er sicher furchtbare Schmerzen hatte.

Tu nicht so cool!, dachte ich. Aber ich fand ihn wirklich cool.

Leider war das nicht das Ende der Geschichte. Die Realität war etwas härter. Kayama hatte eine komplizierte Beinfraktur erlitten. Erst nach langer und intensiver Reha war er wieder so weit geheilt, dass sein Alltag nicht davon beeinträchtigt wurde. Von Sportarten, die den Körper stark belasteten, hatte sein Arzt ihm allerdings abgeraten. Einige Zeit später erklärte mir Kayama, dass er es mit dem Bein wohl nie mehr zu irgendwas bringen würde, selbst wenn er weiter Sport triebe. Deshalb hörte er auf, Basketball zu spielen. Dabei hatte er mit seiner Größe und Geschicklichkeit als vielversprechendes Talent des Basketballteams gegolten.

Zu diesem Thema sagte ich nie direkt irgendwas zu Kayama. Kein einziges Mal entschuldigte ich mich, bedankte mich oder erwähnte in irgendeiner Art, was er für mich getan hatte. Nur einmal fragte ich ihn, warum er so etwas Verrücktes getan hatte.

„Ich hatte das Gefühl, wenn du springst, stirbst du. Es war zwar nur ein Sprung aus dem ersten Stock, aber wenn man blöd aufkommt, kann man dabei draufgehen. Außerdem kam es mir vor, als wolltest du sterben. Ich dagegen würde nicht sterben, dachte ich. Ich bin nämlich unsterblich. Diese Aktion schien mir in der Situation die einzige Lösung zu sein. Schlägereien sind nämlich nicht gerade meine Stärke.

Am Schluss ist doch alles gut gegangen. Das Mobbing hat völlig aufgehört."

Trotz dieser Erklärung konnte ich Kayamas Gedanken überhaupt nicht nachvollziehen. Er sagte und tat manchmal verrückte Dinge, die für einen normalen Menschen unverständlich waren. Dennoch empfand ich seitdem einen gewissen Respekt für ihn, auch wenn ich alles Mögliche über ihn sagte. Er war mein Retter, ich stand in seiner Schuld.

☽

Als ich in der Mittagspause den Schulflur entlanglief, stieß ich dort auf Kayama, der mit einem Mädchen aus einer anderen Klasse sprach. Ich wollte mich an ihm vorbeischleichen, als hätte ich ihn nicht bemerkt, doch da verpasste ihm das Mädchen plötzlich eine schallende Ohrfeige. Alle Schüler auf dem Gang drehten sich schlagartig um, um zu sehen, was passiert war.

„Von mir aus kannst du verrecken!“, rief das Mädchen und rauschte den Flur entlang ab.

Kayama wirkte irgendwie erfrischt. Er lächelte mich an, als er mich bemerkte. Ich hatte keine Ahnung, warum er in so einem Moment lächelte.

„Komm mal kurz mit“, sagte er und ging in Richtung der Nottreppe am Ende des Flurs. Mir blieb nichts anderes übrig, als ihm nachzutrotten.

Draußen auf dem Treppenabsatz wehte ein kräftiger Wind. Kayama setzte sich auf eine Stufe und blickte zum Himmel hoch.

„Jetzt bin ich endlich fertig damit“, murmelte er.

„Heißt das, du hast alle deine Frauengeschichten abgewickelt?“

„Ja. Mann, ich bin echt erledigt“, sagte er tief bewegt, während er mit der flachen Hand die geschlagene Wange rieb.

„Sag, warum hast du das alles gemacht?“

„Ach, ich hatte das Spiel einfach satt. Man hat doch jedes Spiel irgendwann über.“

Mal wieder seine typisch egoistische Sicht der Dinge, dachte ich. Verständlich, wenn das einer Partnerin zu viel wurde.

„Sag mal, Okada ... Meinst du, man kann im Leben noch mal neu anfangen?“

„Nein“, antwortete ich ohne Zögern.

„Ich hatte einen Traum", sagte Kayama mit geschlossenen Augen, als würde er sich an etwas erinnern. „Darin bin ich in der Zeit zurückgereist. Mein Bruder lebte noch und ich fing mein Leben noch mal ganz von vorne an." Mit einem Ächzen stand er plötzlich auf. „Ich möchte Mamizu Watarase besuchen."

Als er das sagte, kam mir der Gedanke, er könnte aus diesem Grund seine ganzen Frauengeschichten beendet haben. Es traf mich wie ein Schlag, als mir klar wurde, was das bedeutete. Doch bevor ich nachfragen konnte, war er verschwunden und hatte mich allein zurückgelassen. Ich war schockiert.

Kurz nach Ende der Sommerferien war Mamizu in ein Einzelzimmer verlegt worden. Offenbar hatte diese Entscheidung mit dem Ergebnis der letzten Untersuchung zu tun. Mamizu wurde nach und nach immer schmaler und blasser.

Sie hatte mir nicht erklärt, was das „Es tut mir leid" bedeutete, mit dem sie auf meine Liebeserklärung reagiert hatte. Ich hatte auch nicht danach gefragt. Ich hatte das Gefühl, ich verstand es auch ohne Nachhaken und Erklärungen. Es war nur furchtbar schwer in Worte zu fassen.

„Heute habe ich wieder eine Prognose bekommen, wie lange ich noch zu leben habe." Ihr Zustand war in letzter Zeit nicht gut, das spürte sie selbst.

„Ach, was weiß der Quacksalber schon? Der liegt doch wieder falsch!“, rief ich in einer Art von Wunschdenken aus.

„Meinst du? Ich weiß nicht ...“ Sie klang ein bisschen verzagt. Ihr Ausdruck war ganz anders als zu Beginn unserer Bekanntschaft. „Möchtest du wissen, wie viele Monate ich noch habe?“

„Nein, lieber nicht“, antwortete ich ehrlich. Ich konnte ja nichts ausrichten, auch wenn ich es wusste. Wäre es um mich gegangen, hätte ich es vielleicht gerne erfahren, aber in Mamizus Fall wollte ich es nicht hören. Möglicherweise war ich doch feiger, als ich gedacht hatte, sinnierte ich mit einem gequälten Lächeln. Dann sagte ich: „Ich habe übrigens die Rolle der Julia bekommen.“

Genau, es gab nur eine Sache, die ich für Mamizu tun konnte: An ihrer Stelle die Liste der Dinge, die sie vor ihrem Tod noch tun wollte, Punkt für Punkt abzuarbeiten.

„Was, wirklich? Siehst du, man muss es nur versuchen.“

Natürlich war die Rolle der Julia etwas, das Mamizu sich gewünscht hatte. Sobald ich ihr gesagt hatte, was unsere Klasse beim Schulfest machen würde, hatte sie diesen Wunsch geäußert. Bevor sie dazu kam, noch mehr zu sagen, hatte ich schon zugestimmt.

„Gut, kommen wir zur nächsten Sache von meiner Liste ...“, sagte Mamizu und reichte mir das Taschenbuch, das sie in der Hand hatte. „Ich möchte, dass du das Grab eines Schriftstellers besuchst."

Ich sah mir das Buch an, das sie mir gegeben hatte. Der Titel lautete *Ein Lichtstrahl*, der Name des Autors war So Shizusawa. Beim Reinblättern bekam ich den Eindruck, dass es sich um ein älteres Werk in einem furchtbar altmodischen Stil handelte. Das war also das Buch, das Mamizu immer las.

„In Ordnung", stimmte ich bewusst voreilig zu, ohne zu wissen, wo sich das Grab befand. Mit ein bisschen Googeln würde ich schon alles Nötige herausfinden.

„Vielen Dank für alles, Takuya", sagte Mamizu in feierlichem Ton.

„Was soll das? Ist ja unheimlich." Ihre Worte freuten mich kein bisschen. „Das klingt ja, als würdest du morgen sterben", scherzte ich. Kaum hatte ich das gesagt, schon verfluchte ich mich dafür. Mamizus Gesichtsausdruck hatte sich schlagartig verändert.

„Es ist alles in Ordnung. Mach dir keine Sorgen. Alles ist gut", versicherte sie mir, als würde sie ein Kleinkind beruhigen. Mir war völlig unklar, was in Ordnung sein sollte.

2

So Shizusawa war ein Autor der Vorkriegszeit, der Ich-Romane schrieb. Er war allgemein nicht besonders bekannt, hatte aber offensichtlich hartnäckige Fans. *Ein Lichtstrahl* war sein bekanntestes Buch und galt als typisches Beispiel der sogenannten Sanatoriumsliteratur. Mit diesem Begriff bezeichnete man literarische Werke, die das Leben von Patienten in Heilanstalten beschrieben.

Die Hauptfigur in *Ein Lichtstrahl* hatte die Leuchtkrankheit. Als Verfasser von Ich-Romanen brachte ein Autor wie So Shizusawa seine autobiografischen Erlebnisse mehr oder minder unverändert in Romanform. Auch So Shizusawa hatte an der Leuchtkrankheit gelitten und war in seinen Zwanzigern gestorben.

Meine Internetrecherchen vermittelten mir keine richtige Vorstellung von dem Buch, also beschloss ich, es mir von Mamizu auszuleihen und selbst zu lesen.

Als ich *Ein Lichtstrahl* zwischen den Unterrichtsstunden im Klassenzimmer las, sprach Kayama mich an: „Warum liest du denn so was?"

„Ach, nur so ..."

Ich kam nur langsam mit meiner Lektüre voran. Der Roman war voller altmodischer Ausdrücke und Sinnbilder. Ehrlich gesagt, wenn Mamizu das Buch nicht gelesen hätte, hätte ich es wohl nie im Leben in die Hand genommen, schließlich war es ein literarisch eher unbedeutendes Werk.

„Weiß du, Mamizu Watarase mag dieses Buch gern."

Ich erschrak. Wusste Kayama irgendwas?

„Ach, echt?", stellte ich mich dumm. Gleichzeitig fragte ich mich, ob ich mich nicht etwas zu offensichtlich dumm stellte.

„Mir gefällt es auch."

Das war eine überraschende Tatsache. Aber sicher kein Zufall. Bei einem berühmten Roman hätte ich mir noch vorstellen können, dass Kayama ihn zufällig auch mag, aber nicht bei so einem unbekannten Werk.

„Ich bin noch nicht fertig damit, also keine Spoiler!"

„Die Hauptfigur stirbt am Schluss", verriet Kayama prompt.

Nachdem mir sowieso klar war, worauf es hinauslief, konnte ich mich nicht dazu aufraffen, sauer zu werden.

Ein Lichtstrahl war kein langer Roman, das Taschenbuch hatte nicht einmal zweihundert Seiten. Innerhalb eines Tages hatte ich es ausgelesen. Ehrlich gesagt fand ich es nicht besonders interessant. Es war zwar teilweise interessant, aber insgesamt schien mir der Roman zu hoffnungslos. Vielleicht lag es daran, dass es das Buch eines Autors war, der an der Leuchtkrankheit litt und wusste, er würde nicht mehr lange leben. Er ahnte seinen Tod voraus und beschrieb darin sein eigenes Sterben. Es war düster, deprimierend und zog einen runter.

Am nächsten Tag stand eine Schulexkursion mit dem Sozialkundeunterricht an. Unsere Klasse sollte ein Volkskundemuseum besuchen. Ich konnte mir nichts darunter vorstellen. Was gab es dort zu sehen? Tongefäße? Braunbären?

Wir sollten uns um neun Uhr morgens direkt vor Ort treffen, am Ausgang des Bahnhofs in der Nähe des Museums. Als ich etwas verfrüht eintraf, stieß ich auf Kayama, der noch zeitiger dagewesen war. Von den anderen Schülern war noch kaum jemand zu sehen.

„Hey, sollen wir uns abseilen?", schlug Kayama vor. Das war ganz seine Art, aus heiterem Himmel so etwas zu sagen.

„Okay. Ich wüsste schon, wohin ich will", stimmte ich zu. Ich interessierte mich ebenfalls nicht besonders für die Geschichte der lokalen Volkskultur. „Ich möchte das Grab von So Shizusawa besuchen."

Kayama guckte kurz etwas verdutzt, dann fing er sich wieder und sagte: „Gut, gehen wir." Einem Mitschüler rief er zu: „Wir machen uns vom Acker!" Der Angesprochene machte ein verblüfftes Gesicht.

Wir durchquerten die Ticketsperre und stiegen in den Zug. Wie ich im Internet herausgefunden hatte, befand sich das Grab So Shizusawas an der Präfekturgrenze, tief in den Bergen. Die Fahrt dorthin dauerte etwa anderthalb Stunden, dann musste man noch auf einen Berg steigen.

„Schaffst du es den Berg hoch?“, fragte ich aus Sorge um Kayamas Bein.

„Wird schon gehen. Notfalls nimmst du mich huckepack“, antwortete er in einem Ton, bei dem ich nicht wusste, ob er das ernst meinte oder Witze machte.

An diesem Punkt geriet unser Gespräch ins Stocken. Es war ruhig im Zug, der nach dem Ende der morgendlichen Rushhour ziemlich leer war. Mir fiel auf, dass Kayama und ich bisher noch nie zusammen etwas unternommen hatten. Wir hatten keine gemeinsamen Hobbys oder Interessen. Ich rechnete unterwegs nicht mit einer angeregten Unterhaltung.

„Hör zu, was Mamizu Watarase betrifft ...“

Genau. Das war unser einziges gemeinsames Thema.

„Ich bin in sie verliebt“, sagte Kayama zögernd.

„Ist mir schon klar“, erwiderte ich, ohne mich dumm zu stellen.

„Dachte ich mir“, meinte er, ebenfalls ohne sich dumm zu stellen.

Dann erzählte er mir, wie er sich in sie verliebt hatte.

Kayama war Mamizu zum ersten Mal bei der Aufnahmeprüfung für die Mittelschule begegnet. Unsere Schule war eine Privatschule, die Mittel- und Oberstufe kombinierte. Aus diesem Grund galt die Aufnahmeprüfung als schwierige Eintrittshürde. Kayama hatte damals eine Grippe und am Tag der Prüfung hohes Fieber. Trotz flatternder Nerven schaffte er es irgendwie, die Prüfung mitzuschreiben, wenn auch mit vernebeltem Hirn und wackligen Beinen. Obendrein kämpfte er mit heftiger Übelkeit. Solange er in der Prüfung saß, hielt er gerade noch so durch, doch in der Pause rannte er los aufs Klo, um sich zu übergeben. Als er wieder ins Klassenzimmer zurückkehrte, war er geistig und körperlich am Ende. Die Beine knickten unter ihm weg und er brach auf dem Boden zusammen. In dem Moment eilte Mamizu zu ihm.

„Alles okay?“, fragte sie.

Kayama glaubte, einen Engel zu sehen.

„Komm, ich bringe dich zur Krankenstation“, schlug sie ihm freundlich vor.

„Nein“, antwortete Kayama, „ich möchte unbedingt die Prüfung ablegen.“

„Gut, also geben wir beide unser Bestes, damit wir bestehen. Wir sehen uns dann garantiert bei der Einführungsfeier!“

Dass Mamizu keine vagen Formulierungen wie „bestimmt“ oder „wahrscheinlich“ benutzte, sondern

„garantiert" sagte, beeindruckte Kayama unheimlich. Diese Worte gaben ihm die Kraft, sich wieder ins Zeug zu legen.

Dadurch dass Mamizu eine Person war, die anderen Menschen in Schwierigkeiten half, inspirierte sie Kayama zu dem Bestreben, ebenso zu werden.

Kayama sah sie zwar bei der Einführung, doch sie war in einer anderen Klasse als er. Leider kam es nicht zum Kontakt zwischen ihnen. Seitdem ging ihm Mamizu nicht mehr aus dem Sinn. Bevor er jedoch den Mut fassen konnte, sie anzusprechen, kam sie kaum noch zur Schule. Er hörte Gerüchte, es ginge ihr aus unbekannten Gründen schlecht. An ihrem letzten Tag in der Schule saß Mamizu allein in der Bibliothek und las *Ein Lichtstrahl* von So Shizusawa. Sie war so in das Buch versunken, dass sie Kayamas Blick nicht bemerkte. Aus dieser Distanz sah er sie zum letzten Mal.

Von da an wartete er sehnsüchtig auf den Tag, an dem sie wieder zur Schule zurückkehren würde, doch dieser Tag kam nie.

Als in der ersten Klassenleiterstunde der zehnten Klasse jemand gesucht wurde, der Mamizu im Krankenhaus besuchen würde, sah Kayama seine Gelegenheit gekommen.

Doch er fühlte sich damals zu unwürdig, um sie selbst zu besuchen. Deshalb beschloss er, mich als Vorhut hinzuschicken. Ich sollte eine Verbindung herstellen, damit er irgendwann zu ihr gehen könnte.

Das alles vertraute Kayama mir an.

So Shizusawas Grab lag in einer ziemlich abgelegenen Gegend. Vielleicht spiegelte sich darin sein verschrobener Charakter wider. Zu Lebzeiten war er ein menschenfeindlicher Griesgram gewesen.

„Das ist doch ganz schön heftig", meinte Kayama, dem der Schweiß auf der Stirn stand.

Ich machte mir zwar etwas Sorgen um ihn, brachte es aber nicht fertig, ihm vorzuschlagen, dass wir umkehren. Schweigend liefen wir weiter. Nach einer Weile erreichten wir endlich das Grab.

„Hmm ... Das muss es sein, oder? Ziemlich trauriges Grab", grummelte Kayama.

Wahrscheinlich hatten alle Gräber etwas Trauriges, aber dieses bot wirklich einen sehr melancholischen Anblick.

Im Gegensatz zu normalen Friedhöfen gab es keine anderen Gräber, nur ein einsamer, kleiner Gedenkstein stand ganz allein da. Er war von Moosen und Flechten überwuchert und schon recht verwittert. Es wirkte nicht, als würde der Ort oft besucht werden. Man hätte es nicht für das Grab eines Menschen gehalten, der als Schriftsteller doch einen gewissen Erfolg gehabt hatte. So Shizusawa hatte bei seinem Tod keine Angehörigen hinterlassen.

Charakteristisch war, dass sein Name nicht auf dem Stein stand. Weder sein Pseudonym noch sein wirklicher Name. Stattdessen war nur ein einzelnes Schriftzeichen darauf geschrieben:

無 *

Das war So Shizusawas Grabinschrift. Natürlich wusste ich das, weil ich es vorher im Internet recherchiert hatte. Es handelte sich zweifelsfrei um sein Grab, doch als ich es nun mit eigenen Augen sah, fand ich es schon ziemlich exzentrisch.

„,Nichts', hmm ... Komisches Grab", äußerte Kayama offen seinen Eindruck.

Dieses merkwürdige Grab beruhte offenbar auf dem letzten Willen des Schriftstellers. Als er zu Lebzeiten gefragt wurde, was das zu bedeuten hatte, hatte er nur geantwortet: „So sehe ich das Leben." Das hatte ich auch im Internet gelesen.

Sicher, wenn Menschen starben, wurden sie zu nichts. Sie kamen nicht in den Himmel oder irgendwo anders hin. Am Ende blieb nichts von ihnen. Das war wohl die Wahrheit.

---

* Das Schriftzeichen bedeutet „Nichts" und wird „mu" gelesen.

Ich zückte mein Handy und machte ein paar Fotos, um sie Mamizu zu zeigen. Dann gingen wir den gleichen Weg, den wir gekommen waren, wieder den Berg hinab.

„Ich werde Mamizu Watarase eine Liebeserklärung machen", sagte Kayama ernst, als wir im Zug heimfuhren.

Ich schaffte es nicht, Kayama zu sagen: „Ich liebe sie auch. Doch sie hat mich abblitzen lassen, als ich ihr meine Gefühle gestand." Stattdessen schlug ich ihm vor: „Wir sollten bald mal zusammen zu ihr gehen."

3

Mamizu war wieder mit ihrem Strickzeug beschäftigt, als ich einige Tage später in ihr Klinikzimmer kam.

„Heute habe ich noch einen Besucher mitgebracht", verkündete ich ihr.

Sie stoppte ihre Strickarbeit und fragte verwundert: „Wen denn?"

Da trat Kayama hinter mir hervor und kam herein. Seine Anspannung war ihm deutlich anzusehen.

„Erinnerst du dich noch an mich?"

„Äh, Sekunde ... Aber klar! Wir sind uns bei der Prüfung begegnet, nicht wahr?", sagte Mamizu überrascht.

„Freut mich, dass du das noch weißt. Ich heiße Akira Kayama."

„Hallo, Akira."

Kayama wandte sich mir zu. „Entschuldigung, Okada, würdest du uns kurz allein lassen?", bat er zögerlich.

„Ja, natürlich."

Ich verließ diskret das Zimmer. Im Flur setzte ich mich auf eine Bank und starrte untätig die Decke an. Im Tagesbetrieb herrschte auf dem Gang der Klinik ein geschäftiges Kommen und Gehen.

Kayama machte ihr wahrscheinlich gerade seine Liebeserklärung. Selbstverständlich hatte ich nicht das Recht, ihn aufzuhalten. Trotzdem blieb irgendwo ein ungutes

Gefühl zurück. Was war das? Eifersucht? Meine heftigen Empfindungen rangen mir ein gequältes Lächeln ab.

Dann fing ich an, über die Bedeutung von Mamizus „Es tut mir leid" nachzudenken. Mit diesen Worten hatte sie mich abgewiesen. Trotz dieser Abfuhr liebte ich sie noch immer, dagegen war ich machtlos.

Als ich auf die Uhr sah, waren gerade mal fünf Minuten vergangen. Beim Warten wurde einem die Zeit lang, spürte ich. Sie verging nicht gleichmäßig. Fünf Minuten konnten einem furchtbar lang vorkommen oder sehr kurz. Die Zeit mit Mamizu verging mir immer viel zu schnell. Wertvolle Zeit schien kurz, während sich unbedeutende in die Länge zog. Warum konnte es nicht umgekehrt sein?

Das Gesicht zur Decke gerichtet, schloss ich die Augen. Unerklärlicherweise klopfte mein Herz ganz schnell. Was brachte es mir jetzt, aufgeregt zu sein?

Die Tür des Krankenzimmers wurde geräuschvoll aufgestoßen. Als ich mich umdrehte, sah ich Kayama.

„Hör zu, Kayama …"

Idiot!, verfluchte ich mich. Wie üblich bereute ich meine Worte, sobald sie mir über die Lippen gekommen waren. In diesem Zustand hätte ich ihn nicht ansprechen dürfen.

Kreidebleich starrte Kayama mich schweigend an. Sein Gesicht war leer und regungslos. Der Begriff „entgeistert" kam mir in den Sinn. Das war nicht Kayama, er wirkte wie ein völlig anderer Mensch. So matt und kraftlos hatte ich ihn noch nie gesehen.

Er blieb weiter stumm. Ich sah ihn nur verwirrt an.

„Frag nicht", presste er schließlich mühsam hervor. Seine Stimme war ausdruckslos, doch in diesen zwei Worten lag eine ganze Welt von Gefühlen. Mehr sagte er nicht, bevor er den Flur entlang fortging, als wollte er das Krankenzimmer hinter sich lassen.

Ich schwankte, was ich tun sollte. Ich hatte den Drang, ihm nachzulaufen, doch dann überlegte ich es mir anders und ließ ihn lieber in Ruhe. Schließlich ging ich zu Mamizu.

Sie senkte betreten das Gesicht und seufzte. Wir schwiegen.

„Es ist ganz schön heiß geworden", faselte ich, um irgendwas zu sagen, während ich an ihr Bett trat.

„Akira meinte, er hätte mich gern", sagte sie verwundert.

„Verstehe", erwiderte ich. Hatte sie zu ihm auch nur „Es tut mir leid" gesagt? „Was hast du geantwortet?"

„Ich sagte ihm: Es tut mir leid." *Wie ich erwartet hatte!* Doch dann fuhr Mamizu fort: „Es gibt schon jemanden, den ich mag, habe ich ihm erklärt." Sie sah mich etwas entkräftet und bemitleidenswert an.

„A-Aha. So ist das also." Das war ein kleiner Schock. Nein, sogar ein ziemlich großer Schock. Davon hatte ich noch nie etwas gehört. Wer konnte das sein? Und wo und wie? Ich war bestürzt, doch ich traute mich nicht, sie zu fragen. „Schau, ich habe neulich das Grab von So Shizusawa besucht", sagte ich, um das Thema zu wechseln. Ich zeigte Mamizu die Bilder auf meinem Handy.

„Wow, da steht tatsächlich ‚Nichts' drauf", staunte sie, wieder ganz die Alte. Sie betrachtete interessiert den Bildschirm. „Ich könnte mir auch ‚Nichts' aufs Grab schreiben lassen."

„Also ich würde mir was anderes wünschen."

„Was denn?"

„‚Neurose', oder so."

„Ist ja furchtbar", kicherte Mamizu. Ich lachte mit.

„Was steht als Nächstes an?"

„Wie?"

„Na, was du machen willst."

„Hmm, mal überlegen ... Ah, ich würde gerne rauchen. In solchen Momenten raucht man doch normalerweise, oder?"

Ich fragte mich, was für Momente sie meinte. Überrascht protestierte ich: „Nein, nein, das kommt nicht infrage. Du bist schließlich krank, da ist Rauchen streng verboten!"

„Deshalb wirst ja auch du derjenige sein, der raucht und nicht ich. Schon die Grundregel vergessen?" Mamizu lächelte spitzbübisch.

In letzter Zeit hatte ich ziemlich viel zu tun. Drei Mal pro Woche probten wir für unsere Aufführung beim Schulfest. Meist trafen wir uns in der Schule, manchmal aber auch im Park. Meine Arbeit im Maid-Café hatte ich zwischenzeitlich völlig eingestellt.

In dem Moment, als die Rolle der Julia mit einem Mann besetzt wurde, war die ganze Veranstaltung eigentlich zu einer Lachnummer geworden. Ich fragte mich, warum wir alles so ernsthaft einstudieren mussten. Dennoch machte ich pflichtbewusst bei den Proben mit, schließlich ging es ja darum, Mamizu an dem Ereignis teilhaben zu lassen.

An jenem Tag probten wir im nahegelegenen Park, da wir aus verschiedenen Gründen unser Klassenzimmer nicht benutzen konnten. Obwohl es bereits September war, brannte die Sonne erbarmungslos vom Himmel. Ich hätte gut und gerne darauf verzichten können, bei diesen sommerlichen Temperaturen im Freien Theater zu spielen.

Wir probten die berühmte letzte Szene, die jeder kennt. Romeo und Julia lieben sich, doch da ihre beiden Familien verfeindet sind und alles Mögliche dagegenspricht, können sie nicht zusammen sein. Nun soll Julia mit einem anderen Mann verheiratet werden. Um sich dem zu entziehen, nimmt sie einen Schlaftrunk ein, der sie in einen scheintoten Zustand versetzt.

Alle sollen sie für tot halten, damit die Heiratspläne aufgegeben werden. Sobald sie wieder zum Leben erwacht, will Julia mit Romeo heimlich fliehen. So hat sie sich das Ganze ausgedacht. Doch es gelingt nicht, Romeo in das Vorhaben einzuweihen. Er glaubt, die schlafende Julia sei wirklich tot und bringt sich um. Als Julia aufwacht, tötet sie sich aus Verzweiflung über Romeos Tod ebenfalls selbst. Ende. Oh, was für ein tragisches Missverständnis!

„Liebe Julia! Warum bist du so schön noch?"*, leierte Kayama als Romeo lustlos seinen Text runter. Es fiel uns schwer, Gefühle in unser Schauspiel zu legen. Seit dem Vorfall neulich war unser Verhältnis unangenehm geworden und wir sprachen quasi nicht mehr miteinander. „Augen, blickt euer Letztes! Dies meiner Lieben!" Mit diesen Worten trank Romeo das Gift und starb.

„Gift, seh' ich, war sein Ende vor der Zeit." Mit diesen Worten erstach sich die von mir gespielte Julia. Nun waren beide tot. Ein tragisches Ende. So stand es zumindest im Text.

„Das wirkt nicht ernsthaft genug", beanstandete das Mädchen vom Theaterklub, das als Regisseurin agierte, mit mürrischem Gesicht.

Wie soll man so was ernsthaft rüberbringen?, protestierte ich innerlich, rief aber nur: „Gönn uns mal eine Pause!"

---

* Alle Zitate aus Shakespeares „Romeo und Julia" in der Übersetzung von August Wilhelm Schlegel (1891).

„Gut, machen wir eine halbe Stunde Pause!"

Die Atmosphäre entspannte sich. Wir waren an diesem Tag zu neunt: Mich eingerechnet sechs Darsteller plus drei Schüler, die sich um die Regie und andere Dinge kümmerten. Unsere anderen Klassenkameraden büffelten wahrscheinlich gerade für die Prüfungen oder amüsierten sich. So oder so, die meisten von ihnen kamen bestimmt in den Vorzug einer Klimaanlage. Dieser Gedanke verbitterte mich etwas. Ich schlich mich unauffällig aus dem Park und steuerte einen nahegelegenen Raucherbereich an. Dort zog ich die Zigaretten aus meiner Tasche und zündete mir eine an.

„Ziemlich leichtsinnig", hörte ich Kayama verblüfft sagen. Als ich mich umdrehte, stand er auf einmal hinter mir.

„Was soll das? Lauf mir nicht hinterher!"

„Wer als Minderjähriger beim Rauchen erwischt wird, wird vom Unterricht suspendiert."

„Von mir aus kannst du mich ruhig verpetzen."

Ich saugte den Rauch ein und blies ihn langsam wieder aus. Ehrlich gesagt hatte ich mich noch nicht daran gewöhnt. Ich paffte nur so vor mich hin, ohne wirklich auf Lunge zu inhalieren.

„Gib her", sagte Kayama und schnappte mir die Zigarette aus dem Mund. Er nahm einen tiefen Zug. „Siehst du? So macht man das."

Es waren nicht viele Leute im Raucherbereich, was unter freiem Himmel bei der Hitze kein Wunder war. Nur ein etwas untersetzter Anzugträger zog an seiner Zigarette, während er sich mit einem Taschentuch den Schweiß von der Stirn wischte.

„Du rauchst also, Kayama?"

„Früher mal. Ich hab wieder aufgehört. Weißt du, So Shizusawa war starker Raucher. In der Mittelschule wollte ich es ihm nachmachen."

Jetzt war mir alles klar. Deshalb hatte sich Mamizu fürs Rauchen interessiert. Stimmt, auch in *Ein Lichtstrahl* kam ein Mann vor, der fröhlich quarzte, was das Zeug hielt, obwohl er an der Lichtkrankheit litt und nicht mehr lange zu leben hatte.

„Was Masataka angeht ...", fing Kayama an.

Masataka Kayama war sein Bruder gewesen. Natürlich erinnerte ich mich an seinen Namen, weil er gestorben war. Durch seinen Tod war er etwas Besonderes geworden.

„Mein Bruder war ein ziemlich schlauer Kopf. Obendrein eine Sportskanone. Er ging mir total auf den Sack. Ich hasste ihn. Bis zu seinem Tod, ehrlich gesagt. Doch nachdem er nicht mehr da war, idealisierte ich ihn in der Erinnerung auf einmal. Manchmal bilde ich mir sogar ein, dass er in Wahrheit ein wahnsinnig netter Kerl war. Das gibt's doch nicht, oder?" Soweit ich mich erinnern konnte, hatte Kayama bisher noch nie direkt über seinen Bruder gesprochen. „Ich frage mich, worüber mein Bruder und deine Schwester damals wohl so geredet haben."

„Das kann ich mir beim besten Willen nicht vorstellen." Meiko hatte mir nie viel von ihrem Freund erzählt.

„Ob sie über uns gesprochen haben?"

„Keine Ahnung. Worüber hast du mit deinen Freundinnen geredet?"

„Ab und zu auch mal über dich."

Das klang gar nicht gut.

„Sicher hast du über mich gelästert."

„Na ja, ich habe halt von dem komischen Kerl erzählt."

Mit einem Grinsen ging er darüber hinweg, dass er es nicht leugnete.

„Sag mal, der Typ, den Mamizu mag, das bist du, oder?", fragte Kayama plötzlich anklagend.

Der untersetzte Anzugträger drehte sich überrascht zu uns. Was sollte das? Vielleicht dachte er daran, wie es war, jung zu sein.

„Das glaube ich kaum."

„Du bist echt schwer von Begriff, was?"

„Rede nicht, als wüsstest du Bescheid!"

„Mann, das nervt voll!", motzte Kayama in einem heftigen Ton, der für ihn ungewöhnlich war. „Los, sag es klar und deutlich."

Ich hatte keinen Schimmer, was ich klar und deutlich sagen sollte. „Du sagst immer so tiefschürfende Sachen. Kannst du nicht normal reden?“, erwiderte ich unwillkürlich aufrichtig.

„Mamizu Watarase liebt dich also nicht?“

Kayama hatte von nichts eine Ahnung. Seine fehlgeleiteten Äußerungen ärgerten mich mehr und mehr. Ich nahm ihm die Zigarette wieder ab, tat einen Zug und löschte sie. Versonnen beobachtete ich, wie der Rauch Richtung Himmel stieg. Plötzlich fiel mir das Ende von *Ein Lichtstrahl* ein.

Die Hauptfigur war ein Mann, der an der Lichtkrankheit litt. Er wusste, er würde nicht mehr lange leben. Eines Tages starb ein Freund von ihm, den er im Sanatorium kennengelernt hatte. Der Freund hatte die gleiche Krankheit gehabt. Als er bei Nacht im Krematorium verbrannt wurde, leuchtete der Rauch, der aus dem Schornstein aufstieg, ganz zart. Wenn der Körper eines Leuchtkrankheit-Patienten verbrannt wurde, strahlte der Rauch im Mondschein Licht aus. Dann stieg der Rauch als einzelner Lichtstrahl in den Himmel auf. Als er seinen Freund so sah, empfand der Held der Geschichte den Tod eines Menschen als etwas Schönes, obwohl er wusste, dass er bald selbst sterben würde. Damit endete der Roman.

4

Beim Nachmittagsunterricht trug Frau Yoshie Trauerkleidung. Sie erklärte uns gleich zu Beginn, einer ihrer Dozenten von der Universität sei verstorben und am Abend finde die Totenwache statt.

Als ich wieder daheim war, malte ich mir vor Meikos Altar aus, wie meine Bestattung aussehen würde. Ich hatte eine klare Vorstellung davon. Am liebsten wäre mir, wenn kein einziger Mensch zu meiner Beerdigung käme. Ich hasste Beerdigungen nämlich.

Dann fiel mir Meikos Totenwache wieder ein. Sie war grauenvoll gewesen. Alle waren ganz durcheinander, weil Meiko so unerwartet gestorben war. Als enger Verwandter konnte ich mich natürlich nicht davor drücken, sondern musste teilnehmen. Die anderen Trauergäste stellten alle möglichen Vermutungen über den Tod meiner Schwester an, die ich nicht hören wollte. Alle weinten, waren laut und nervten. Ich weinte nicht.

„Bei dem weiß man auch nicht, was in ihm vorgeht", raunte ein älterer Verwandter einem anderen bei meinem Anblick heimlich zu. „Was für ein gefühlskalter Bursche."

Ja, dachte ich mir, als ich das hörte, *das stimmt vielleicht.*

Bei der Totenwache gab es Unmengen von Alkohol und Essen. Ich verstand nicht, warum Meikos Tod ein Anlass zum Trinken sein sollte, doch das schien keinen abzuhalten. Ich sah sogar fröhliche Gesichter. Waren die noch ganz richtig im Kopf? Unbemerkt von der Verwandtschaft schnappte ich mir eine Bierflasche und schloss mich damit auf dem Klo ein, wo ich das Bier direkt aus der Flasche trank. Ich trank zum ersten Mal Alkohol. Das Bier schmeckte bitter und scheußlich. Immer wieder klopften Leute an die Tür, doch ich ignorierte sie alle und trank weiter.

Tut mir leid, dass ich so ein gefühlskalter Mensch bin, entschuldigte ich mich in Richtung Meikos Altar. Meiko lächelte wie immer, denn sie war nur noch ein Foto.

Zum Schluss versuchte ich, mir Mamizus Beerdigung vorzustellen, doch das gelang mir einfach nicht.

Wann würde Mamizu sterben? Würde ich zu ihrer Beerdigung gehen? Ich wollte auf keinen Fall hin.

„Du bist in letzter Zeit irgendwie neben der Spur, Okada", bemerkte Riko in der Pause.

Ich hatte tatsächlich den Eindruck, im Moment ständig Fehler zu machen. Ich verkochte Spaghetti zu Matsch oder machte aus gegrilltem Hühnchen auf Reis verkohltes Hühnchen auf Reis.

„Tut mir leid. Ich werde besser aufpassen."

„Nein, es geht nicht darum, dass du Fehler machst. Na ja, schon auch. Aber du guckst, als würde die Welt untergehen. Ist irgendwas passiert?"

Machte ich wirklich so ein trübsinniges Gesicht? Das war mir gar nicht aufgefallen. Da ich keine Lust hatte, mir irgendwelche Ausreden auszudenken, antwortete ich ehrlich: „Ein Mädchen hat mich abblitzen lassen."

„Was, es gibt ein Mädchen, das du magst?", staunte Riko, als wäre das für sie das Überraschende an der Sache. Das ärgerte mich etwas.

„Hm, ja..."

Im Maid-Café wiederholte sich stets die gleiche Routine. Prinzipiell stand der Servicegedanke immer im Vordergrund, deshalb gab es nicht viel zu verbessern. Es gab auch nur wenige Stammgäste. Trotzdem improvisierten die Bedienungen öfter ihre Texte oder machten kleinere Anpassungen. Vielleicht war es ihnen zu blöd, jeden Tag das Gleiche zu tun.

„Okada, mach bitte ein Reisomelett mit ‚Alles Gute zum Geburtstag' drauf statt der üblichen Herzchen!"

Als ich wie bestellt das fertige Omelett mit der Schrift verzieren wollte, stockte meine Hand. *Verdammt, wie soll ich das mit Ketchup schreiben?!* Das erste Schriftzeichen von „Geburtstag" war viel zu kompliziert dafür. Am Schluss rettete ich mich damit, „Happy Birsday" zu schreiben.

Auf dem üblichen gemeinsamen Heimweg nach der Arbeit wies mich Riko plötzlich auf meinen Fehler hin: „Okada, du hast ‚Birthday' falsch geschrieben. Das gehört mit ‚th' nicht mit ‚s'. So was ist Mittelstufen-Englisch. Gehst du nicht an eine ziemlich anspruchsvolle Oberschule? Ich frage mich, wie du da klarkommst."

In Englisch war ich schon immer schlecht gewesen, aber in letzter Zeit hatte ich überhaupt nicht mehr gelernt. Ich machte mir Sorgen, ob das gut gehen würde.

„Im Moment kommst du sowieso nicht oft zur Arbeit, Okada."

„Ja, die Sommerferien sind vorbei, ich habe eine Menge zu tun. Vorbereitungen für das Schulfest und so was. Vielleicht höre ich bald ganz auf." Aktuell arbeitete ich nur etwa einmal die Woche im Café.

„Oh, da wirst du uns aber fehlen. Ich hätte dich nicht für jemanden gehalten, der an Schulfesten teilnimmt."

„Das war auch sonst nicht meine Art." Die Begegnung mit Mamizu hatte mein Leben völlig auf den Kopf gestellt.

„Und, was macht ihr?"

„Wir führen *Romeo und Julia* auf. Ich spiele die Julia."

„Hmff!", prustete Riko. Sie sah mich an, als fragte sie sich, ob ich noch alle Tassen im Schrank hätte. Solche Reaktionen war ich gewohnt.

„Ich bin ganz normal!"

„Das gibt mir irgendwie zu denken."

„Was?"

„Dass du das so betonst."

„Ich bin wie jeder andere!"

„Ja, genau, das meine ich."

„Wovon redest du?"

„Ach, vergiss es."

An diesem Punkt stockte unsere Unterhaltung. Schweigend liefen wir den Gehweg entlang der Hauptstraße weiter.

„Worüber wir neulich geredet haben ...", fing Riko als Erste wieder zu sprechen an.

„Neulich?"

„Als du ‚ein andermal' sagtest ..."

„Ah ..."

„Wollen wir beide nicht mal ausgehen?", fragte Riko in entschlossenem Ton.

Ich blieb abrupt stehen. Riko lief noch einige Schritte weiter.

„Nimm das doch nicht gleich so ernst!", fügte sie hastig hinzu.

„Tut mir leid." Mir war nicht danach, mehr zu sagen.

Rikos Gesichtsausdruck wurde ein wenig steif. „War nur ein Witz. Gehen wir heim, Okada."

Ohne etwas Weiteres zu sagen, setzte ich meine Füße in Bewegung.

Nachdem sich mein Weg von Rikos getrennt hatte, bekam ich auf einmal Lust, Mamizu zu besuchen. Ich wunderte mich selbst über diesen plötzlichen Drang. Vielleicht klammerte ich mich zu sehr an sie. Ich schwankte, ob ich nach Hause gehen sollte, doch meine Füße führten mich automatisch in Richtung Mamizu.

Es war eine ruhige Nacht, der Mond schien wunderschön. Bei meiner Ankunft in der Klinik überkam mich auf einmal der Gedanke, dass an diesem Ort praktisch jeden Tag wie ganz selbstverständlich Menschen starben. Ich wusste nur nichts davon.

Als ich mich in Mamizus Zimmer schlich, stand sie am offenen Fenster und sah hinaus. Die Vorhänge bewegten sich im Luftzug.

„Ab ins Bett mit dir!"

Mamizu drehte sich überrascht zu mir um, als ich sie ansprach. „Hey, was soll das auf einmal?"

Ihr Ton verletzte meine Gefühle etwas.

„Sorry. Ich hatte gerade ein bisschen Zeit, da wollte ich dich besuchen", war alles, was ich sagen konnte. Ich hatte keine andere Erklärung zu bieten.

„Hast du sie noch alle? Weißt du, wie spät es ist?"

Es war bereits nach elf Uhr. Vielleicht war meine Aktion doch etwas unüberlegt.

„Na, was soll's. Komm mal kurz her", sagte sie in ihrem üblichen sanften Ton. Anscheinend hatte sich ihre Laune gleich wieder gebessert. „Da, schau!", winkte sie mich zu ihr ans Fenster. Sie zeigte in die Nachtluft nach draußen.

„Und was genau sehe ich da?"

In Antwort auf meine Frage streckte Mamizu ihren Arm aus dem Fenster.

Der Mond schien wunderschön in dieser Nacht. In seinem Licht begann Mamizus Arm langsam zu leuchten. An diesen Anblick konnte ich mich einfach nicht gewöhnen, wie oft ich ihn auch sah. Er hatte in meinen Augen etwas Geheimnisvolles. Mamizu mochte es vermutlich nicht, so gesehen zu werden.

„Das Licht ist stärker geworden, findest du nicht?", sagte Mamizu.

Ich strengte meine Augen an, um genauer hinzusehen. Sie hatte recht: Das Leuchten wirkte intensiver als damals beim Sternebeobachten auf dem Dach.

„Je stärker das Leuchten, desto schlechter meine Gesundheit", erklärte Mamizu in einem Ton, als spreche sie über jemand anderen.

„Ja." Ich wusste nicht, was ich sonst erwidern sollte. Ich hatte das Gefühl, nichts sagen zu können.

„Sag, Takuya, hast du schon mal einen wichtigen Menschen verloren?", fragte Mamizu plötzlich. Es klang, als sei ihr gerade wieder etwas eingefallen, das sie schon länger hatte sagen wollen.

„Nein, hab ich nicht", log ich sie an.

„Ach? Ich hatte das Gefühl, das sei dir vertraut."

„Was?"

„Der Tod eines Menschen."

So ein Mensch wollte ich nicht werden.

„Was soll das?" Ich bereute diesen Besuch bei Mamizu. „Ich gehe." Als ich ihr den Rücken zudrehte, um zur Tür zu gehen, hielt sie mich am Hemdsaum fest.

„Tut mir leid. Bist du sauer?"

„Nein", erwiderte ich schroff.

„Takuya", begann sie mit zitternder Stimme, „wenn ich sagen würde, ich könnte vor Angst nicht schlafen, würdest du bis zum Morgen bei mir bleiben?"

So kleinmütig hatte ich sie noch nie gehört. Ich antwortete nicht. In meinem Kopf herrschte Verwirrung. Was beabsichtigte Mamizu mit diesen Worten? Sie schloss den Vorhang und legte sich ins Bett. Ich setzte mich auf den Stuhl.

„Komm her", sagte sie mit leiser Stimme. Schließlich kroch ich zu ihr ins Bett. „Aber es geht nicht um so was, also komm nicht auf dumme Gedanken."

„Natürlich nicht!" Ich konnte mir nicht vorstellen, in diese Stimmung zu kommen. Aber an ruhigen Schlaf war auch nicht zu denken.

„Morgen wird mein Rückenmark untersucht", sagte Mamizu irgendwann. Vielleicht konnte sie auch nicht schlafen.

Oder sie wollte prüfen, ob ich noch wach bin. Ich antwortete nicht. „Es gibt zwei verschiedene Arten von Tests. Es ist nämlich noch nicht klar, wodurch die Krankheit verursacht wird. Darum gibt es noch keine Heilmethode. Als Notbehelf werden hauptsächlich die Symptome behandelt. Mit dieser Untersuchung soll herausgefunden werden, wieso jemand die Krankheit bekommt und was die Ursachen dafür sind. Anders gesagt: Ich bin ein Versuchskaninchen. Es werden auch neue Medikamente getestet. Jeden Tag stellt irgendwer Experimente mit mir an."

Mamizu fuhr fort, ohne sich darum zu kümmern, ob ich wirklich zuhörte. „Selbst wenn die Ursache gefunden ist, wird die Forschung noch Jahre und Jahrzehnte dauern. Ich werde nichts mehr davon haben. Aber vielleicht kann irgendwann einmal anderen Menschen geholfen werden, wenn ein Heilmittel gefunden ist. Weil ich so nett und großzügig bin, leiste ich meinen Teil für die Zukunft der Menschheit."

Da ich mit dem Rücken zu ihr lag und die Augen geschlossen hatte, wusste ich nicht, was für ein Gesicht Mamizu machte, als sie diese Dinge sagte.

„Bin ich nicht toll ...? Du musst mich loben!"

Ich hatte keine Ahnung, was ich sagen sollte, also stellte ich mich weiter schlafend. Nach einer Weile hörte ich sie sanft im Schlaf atmen. Ich schlüpfte leise aus dem Bett und ging nach draußen. Mir war klar geworden, wenn ich wirklich bis zum Morgen bliebe, würde mich sicher jemand entdecken. Das hätte bloß Ärger gegeben.

Es war erst drei Uhr morgens, also schlug ich die Zeit in einem nachts geöffneten Fastfood-Laden tot, bis ich mit dem ersten Zug nach Hause fahren konnte.

Ich bekam einen Schreck, als ich daheim ankam. Meine Mutter saß am Tisch. Sie hockte ohne Licht still im dunklen Zimmer.

Bei diesem Anblick hätte sich wohl jeder erschreckt. Ich tat es jedenfalls.

„Was machst du da?"

„Du bist seit einiger Zeit seltsam." Sie hatte offenbar die ganze Nacht auf die Rückkehr ihres Sohnes gewartet. „Ich flehe dich an, bitte bring dich nicht um", beschwor mich meine Mutter, während sie mich mit leerem Blick anstarrte. Ihre Stimme konnte einen verfolgen.

„Du nervst! Es ist meine Sache, ob ich lebe oder sterbe", entfuhr es mir unwillkürlich. Normalerweise hätte ich so etwas ignoriert.

„Du begreifst eben die Gefühle einer Mutter nicht, die ein Kind verloren hat."

Ich hatte keine Lust auf weitere Diskussionen. Ich war müde und wollte schnell ins Bett. „Du bist erwachsen, reiß dich zusammen!", rief ich abschließend, doch meine

Mutter hörte auch danach nicht auf zu klagen. Ich ging auf mein Zimmer, ohne sie weiter zu beachten. Dort schlüpfte ich ungeduscht in meinen Schlafanzug und legte mich sofort schlafen.

Einige Tage später ging ich direkt nach der Theaterprobe zu Mamizu. Als ich ankam, hielt sie einen roten Schal in den Händen, offenbar das fertige Strickprojekt.

„Du kommst spät, Takuya."

Nachdem wir nicht verabredet waren, konnte von früh oder spät nicht die Rede sein, doch ich entschuldigte mich trotzdem.

„Habt ihr wieder euer Stück geprobt?"

„Ja. Julia hat's auch nicht leicht." Ich erzählte ihr noch ein bisschen von den Proben. Meine Unterhaltung mit Kayama ließ ich jedoch aus.

„Wie war das Rauchen?"

„Schmeckt ekelhaft und stinkt. Kann ich nicht empfehlen."

„War es erfrischend? Anregend?"

„Nein, würde ich nicht behaupten."

„Och, ist ja öde." Sie wirkte tatsächlich gelangweilt.

„Sag, sag, Akira spielt Romeo, nicht wahr?"

„Hat er dir das neulich erzählt?"

„Ja. Werdet ihr euch küssen? Waaah! Wie aufregend!"

„Da wird nicht geküsst!"

„Mann, wie langweilig."

Da ich irgendwie verärgert war, zwickte ich Mamizu in die Wangen.

„Laaass daaas ...!"

Mamizus panische Reaktion hatte geradezu etwas Komisches und stachelte mich an, sie noch mehr zu triezen: „Ich höre aber nicht auf."

„Heeey...!"

In Imitation ihrer seltsamen Sprechweise fragte ich: „Weeen haaast duuu liiieb?"

Mamizu wischte meine Hände beiseite. Ihr Gesicht wurde plötzlich ernst.

„Ich bemühe mich, niemanden zu lieben."

„Was soll das heißen?"

„Du bringst mich in Schwierigkeiten, wenn du mir dabei in die Quere kommst."

Ihre Äußerungen wurden immer rätselhafter. Wobei kam ich ihr in die Quere?

„Würdest du den Schal bitte meinem Vater geben? Meine Mutter darf aber nichts davon mitbekommen."

„Hä? Okay, meinetwegen ..."

Ihr Vater lebte allerdings sehr weit weg.

Ich hatte die Telefonnummer, die Herr Fukami mir gegeben hatte, im Handy gespeichert. Als ich ihn anrief, meinte er, er könne nicht bis in unsere Stadt kommen, aber zu einem Bahnhof in der Nähe. Wir machten aus, uns dort in einem Schnellrestaurant zu treffen.

Ich traf zuerst ein und wartete auf ihn. Als Mamizus Vater ankam, blickte er immer wieder über seine Schulter, ganz wie ein Verbrecher in einer Fernsehserie, der das Gefühl hatte, man sei ihm auf den Fersen.

„Offenbar kümmerst du dich gut um meine Tochter." Herr Fukami wirkte etwas ausgezehrt. „Hier, das ist ein Geschenk für dich."

Ich wunderte mich noch, was es wohl sein könnte, als er mir ein Buch überreichte. Es steckte im neutralen Schutzumschlag der Buchhandlung, daher konnte ich nicht erkennen, um was genau es sich handelte. Ich verspürte auch keine Lust, es herauszufinden.

„Es geht Mamizu also nicht gut?"

„Vor knapp einem Monat wurde sie in ein Einzelzimmer verlegt", erklärte ich sachlich, ohne meine persönliche Sicht einfließen zu lassen.

„Ich bin geschieden, von juristischer Seite gibt es also kein Problem. Meine Privatinsolvenz betrifft Mamizu und ihre Mutter nicht. Allerdings ... Es gibt auch Leute, die nicht vor illegalen Methoden zurückschrecken."

„Das hat Mamizu mir für Sie gegeben." Ich stellte die Papiertüte, in der sich der Schal befand, vor Herrn Fukami auf den Tisch. Er war jedoch zu sehr in sein Thema vertieft, um daran Interesse zu zeigen.

„Wenn herauskäme, dass es nur eine Scheinscheidung war und ich Mamizu und ihrer Mutter Geld schicke ... Das würde den beiden sicher Ärger einbrocken."

Ich hielt es nicht mehr aus. Ich nahm den Schal aus der Tüte und gab ihn Herrn Fukami.

„Was ist das ...?"

„Den hat Mamizu für Sie gestrickt."

„Verstehe." Der Anblick des Schals schien ihn zu rühren.

„Es ist noch zu früh dafür, aber sie meinte, sie würde den Winter vielleicht nicht erleben." Ich sah Tränen in seinen Augen aufsteigen. Um meine Gemütsruhe war es auch geschehen. „Bitte besuchen Sie sie. Bitte", sagte ich. Dann ging ich nach draußen.

„Takuya!", rief Mamizus Vater mir hinterher, als ich die Straße entlanglief. Ich wollte mich nicht umdrehen, doch es blieb mir nichts anderes übrig. „Liebst du Mamizu?" Sein Gesicht wirkte erbärmlich und irgendwie würdelos.

„Was, wenn es so wäre?!", rief ich ungehalten. Ich überquerte den Zebrastreifen, ohne mich noch einmal umzusehen.

Dann begann ich zu laufen. Ich schlängelte mich durch die Passanten auf dem Weg hindurch und rannte mit aller Kraft. Ich kam mir vor wie jemand in einer Jugendserie. Wie ein Idiot. *Ich bin ein Idiot*, dachte ich.

Mamizu Watarase würde bald sterben.

Die Realität ihres Todes, die ich nicht hatte sehen wollen, vor der ich die Augen abwenden wollte, rückte unerbittlich näher.

Dann dachte ich an unsere bisherige Zeit zurück. Bei ihren Bitten war es meist um unbedeutende, banale Dinge gegangen. Dass sie vor ihrem Tod so banale Dinge tun wollte, verlieh dem Ganzen eine eigene Wirklichkeit.

Aber das konnte es doch nicht sein, dachte ich. *Sind das tatsächlich die Dinge, die du machen willst, bevor du stirbst? Liegt dir wirklich nichts anderes mehr am Herzen?* Konnte Mamizu Watarase ohne jegliches Bedauern sterben? Was konnte ich für sie tun? Ich hasste es, dass ich so machtlos war. Meine Gedanken drehten sich ergebnislos im Kreis.

Wieder daheim konnte ich nicht schlafen. Ich war hellwach. Plötzlich fiel mir das Buch ein, das mir Herr Fukami gegeben hatte. Es war noch in meiner Tasche. Ich nahm es heraus, entfernte den Schutzumschlag und sah mir den Titel an.

Schneekugeln selbst machen

So stand es da geschrieben. Schneekugeln konnte man selbst machen? Das hätte ich nicht gedacht. Beim Durchblättern des Buchs bekam ich den Eindruck, ich könnte die kaputte Kugel vielleicht reparieren, wenn ich mir Mühe gab. Womöglich war das die Botschaft, die Mamizus Vater mir vermitteln wollte, als er mir das Buch schenkte.

Ich betrachtete die Reste der Schneekugel, die Mamizu mir überlassen hatte. Das winzige Blockhaus hatte die verschneite Welt verloren, in der es ursprünglich stand und lag nun nutzlos in meinem kleinen Zimmer herum. Weil es mir leidtat, es so zu sehen, hatte ich immer wieder versucht, es zumindest aufrecht hinzustellen, aber es war mir nicht gelungen. Es sah aus wie ein Häuschen, das von einer riesigen Flutwelle weggeschwemmt worden war. Als es noch in der Glaskugel war, sah es bewohnt aus, doch jetzt war es nur noch Gerümpel. Es war ein Haus, das etwas Entscheidendes verloren hatte. Ein Haus, das in seiner Funktion gestört war.

Einen Moment lang hatte ich eine seltsame Sinnestäuschung. Es kam mir vor, als würde ich durch ein Fernglas vom Balkon eines Mietshauses irgendwo auf unser eigenes Haus sehen.

Natürlich war unser Haus kein Blockhaus, aber es schien mir ähnlich. Das war ein merkwürdiges Gefühl. Im Anschluss stellte ich mir Mamizus Haus vor.

Die Bastelmaterialien würde ich sicher alle im Baumarkt bekommen.

Mit Beginn des zweiten Schulhalbjahrs besuchte ich Mamizu nicht mehr so oft wie in den Sommerferien, zwei oder drei Mal die Woche. Sie wurde von Mal zu Mal blasser. Der Tod rückte ihr immer näher. Das spürte ich in letzter Zeit, wenn ich an ihrer Seite war. Sie wurde auch immer schmaler.

„Was möchtest du als Nächstes machen, Mamizu?"

„Schlafen ..."

Zuerst dachte ich, sie machte Witze. Doch so war es nicht. Sie lag mit schwermütigem Gesichtsausdruck im Bett und suchte nicht einmal Blickkontakt.

„Du musst mich nicht mehr besuchen, Takuya."

„Warum sagst du so was?"

„Vergiss mich einfach völlig."

„Was soll das?"

„Ich will dich nicht mehr sehen, das ertrage ich nicht." Ihre Stimme klang ein wenig hysterisch. „Lass mich in Ruhe. Ich kann dich nicht ausstehen. Du nervst."

„Sagst du das, damit ich dich hasse?" Meine Stimme zitterte. Es brachte doch nichts, wenn ich jetzt emotional wurde. Aber ich konnte nicht ruhig bleiben.

„Ja, genau", sagte Mamizu kraftlos. Sie klang verzweifelt. „Das ist meine letzte Bitte an dich: Komm nie wieder her."

„Verstanden", erwiderte ich, obwohl ich überhaupt nichts verstanden hatte.

Ich verließ den Raum. Ich hatte Mamizu vielleicht zum letzten Mal gesehen. *Soll es das gewesen sein?*, fragte ich mich. Was bedeutete dann die Zeit, die wir miteinander verbracht hatten? Aber solche Überlegungen führten zu nichts.

Ich schloss die Tür und ließ das Zimmer hinter mir. *Es ist alles vorbei*, versuchte ich mir einzureden. Es war alles nur ein böser Traum. Ich beschloss, das Ganze umgehend zu vergessen. Schließlich hatte ich nichts als Ärger gehabt, seit ich Mamizu kannte. Ständig hatte sie mich herumgescheucht, um irgendwelche verrückten Sachen zu machen. Anfangs hatte es ihr einfach Spaß gemacht, mich in Verlegenheit zu bringen. Sie war ein unangenehmer Mensch, irgendwie ein richtig verkorkster Charakter. Außerdem launisch und selbstsüchtig. Nie sagte sie, was sie wirklich dachte, sie verheimlichte mir viel. Anders gesagt: Sie war nicht ehrlich. Sie war willensstark. Und trotzdem manchmal ängstlich und verzagt. Außerdem weinte sie leicht. Sie neigte zu heftigen Gefühlsschwankungen.

Ihre Familie bedeutete ihr viel. Sie hatte viele liebenswerte Eigenschaften. Sie war feinfühlig und sehr verletzlich. Ich hatte ihr immer nur wehgetan.

Würde ich Mamizu je vergessen können? Nein, niemals.

5

Der Sommer ging langsam in den Herbst über. Meiko war im Herbst gestorben. In dieser Jahreszeit musste ich oft an sie denken, deshalb wurde ich jedes Jahr schwermütig, wenn der Herbst kam. Dieses Jahr war es besonders schlimm. Ich hasste mich selbst dafür, meine Schwester zu überrunden, die nur bis zum Herbst der zehnten Klasse gelebt hatte.

Es war der Tag vor dem Schulfest, Mamizu hatte ich seit zwei Wochen nicht mehr gesehen.

An diesem Tag waren fast alle da, auch die Schüler, die sich bisher nicht an den Vorbereitungen für das Stück beteiligt hatten. Das hatte sicher Alibifunktion, geschah wahrscheinlich aber auch aus dem menschlichen Wunsch, sich ein Ereignis der Jugendzeit nicht entgehen zu lassen. Alle waren ziemlich beschäftigt, nur wir Hauptdarsteller hatten nicht viel zu tun und konnten es im Gegensatz dazu eher ruhig angehen. Ich verspürte allerdings auch nicht den Drang, meine Hilfe anzubieten.

„Morgen ist es endlich so weit", meinte Kayama. Während ich nachlässig am Lehrerpult lehnte, warf er mir eine Limonadendose zu, die er vom Getränkeautomaten im Erdgeschoss geholt hatte. „Warum wolltest du die Julia spielen?" Erst jetzt schien ihm die Sache fragwürdig zu sein.

„Weißt du, Mamizu wollte die Julia spielen."

„Hä? Verstehe ich nicht."

„Sie sagt mir immer Dinge, die sie vor ihrem Tod gerne tun würde, die ich dann an ihrer Stelle mache. Hinterher erzähle ich ihr davon."

„Dann stelle ich mir bei unserem Stück morgen einfach vor, du wärst Mamizu Watarase."

„Da bin ich ja zu Tränen gerührt." Die Kohlensäure prickelte in meinem Mund.

„Sie hat noch zwei Monate", bemerkte Kayama, als ob ich das selbstverständlich auch wüsste. Ich sah ihn erstaunt an.

„Hat sie das gesagt?" Mir fiel ein, dass Mamizu am Ende der Sommerferien wieder eine Prognose ihrer Lebenserwartung bekommen hatte. Aus Angst hatte ich es nicht über mich gebracht, sie genauer danach zu fragen.

„Ja. Sie hat es mir erzählt, als wir zusammen bei ihr waren. Wusstest du das nicht?"

Das war ein Schock. Nicht nur, dass Kayama etwas wusste, das ich nicht wusste. Vor allem erschütterte mich die Angabe „zwei Monate". Ich fühlte mich, als hätte mich jemand in eiskaltes Wasser gestoßen.

„Okada, kannst du mir sagen, warum ein wunderbarer Mensch wie sie sterben muss, während Scheißdreck wie ich einfach weiterleben darf? Das ist doch falsch. Findest du nicht?"

Ich fragte mich, wen er meinte. Mamizu? Seinen Bruder? Oder beide? Ich hätte ihn gern gefragt, doch ich tat es nicht. Ich hatte das Gefühl, das sei nicht richtig. Ich überlegte, was ich stattdessen sagen könnte.

„Ich habe auch eine Abfuhr von Mamizu bekommen." Endlich hatte ich es Kayama gesagt. Er wirkte jedoch kein bisschen überrascht.

„Jemand, der immer an meiner Seite, jedoch absolut tabu für mich ist."

„Hä?"

„Das sagte sie über den Kerl, den sie mag."

Davon hörte ich zum ersten Mal. Ich fragte: „Hat Mamizu das so gesagt?"

„Ja. Damit bist wohl du gemeint."

„Nein, das bin sicher nicht ich. Ich habe den Kontakt zu ihr abgebrochen, wir sehen uns nicht mehr."

„Den Kontakt abgebrochen ...? Geht's noch kindischer?"

„Ja, da ist was dran."

Es war wirklich kindisch. Plötzlich fiel mir wieder ein, was Mamizu mich gefragt hatte: „Sag, kommst du mich noch besuchen, wenn ich es dir irgendwann streng verbiete?"

Es wurde spät. Zum Schluss probten wir noch mal sorgfältig unser Stück. Erst nimmt Julia den Schlaftrunk und verfällt in einen scheintoten Zustand. Darauf bringt Romeo sich um, weil er Julia fälschlicherweise für tot hält und schließlich tötet sich Julia aus Verzweiflung über Romeos Tod.

Dann: Das Nichts.

Stirbt der Mensch, den man liebt, muss man sich selbst töten. Mir kam der Satz in den Sinn, den Meiko rot unterstrichen hatte.

Es brauchte Mut oder Entschlossenheit, um sich nachts ins Krankenhaus einzuschleichen. Ich hatte es schon mehrfach getan. Vielleicht war ich ein bisschen mutiger geworden, seit ich Mamizu kannte. Aber es wäre wahrscheinlich zu viel verlangt gewesen, dass es jedes Mal klappen würde.

Am Abend vor unserer Aufführung wollte ich Mamizu unbedingt sehen. Auf dem Rückweg von den Proben in der Schule schlich ich mich spätnachts in die Klinik und wurde prompt von einer Krankenschwester erwischt.

„Setz dich", wies sie mich im Stationszimmer seufzend an und deutete auf einen Stuhl. Es war Schwester Okazaki, mit der ich schon gesprochen hatte, als Mamizu damals im Klinikshop zusammengebrochen war. „Wie heißt du? Die Wahrheit, bitte."

„Okada."

„Den ganzen Namen!", forderte Schwester Okazaki in scharfem Ton.

„Takuya Okada."

„Dachte ich mir doch", sagte sie. Ich hatte keine Ahnung, was sie damit meinte. „Um diese Zeit haben Außenstehende hier nichts zu suchen. Da sind keine Besuche erlaubt."

„Ja ... Es tut mir leid." In dieser Lage blieb mir nichts anderes übrig, als mich zu entschuldigen. Ich ließ den Kopf hängen und blickte zu Boden.

„Na, was soll's", meinte Schwester Okazaki mit weiterhin ernster Miene. Ich sah verwundert auf. „Warum besuchst du Mamizu auf einmal nicht mehr?", fragte sie. „Ich dachte, ihr seid ein Paar."

Ich war perplex. Anscheinend verstand die Krankenschwester etwas gewaltig falsch. Ich hätte nicht gedacht, dass sie bei allem, was sie zu tun hatte, auch noch den Überblick behielt, wer zu wem kam. Es überraschte mich, dass sie von meinen häufigen Besuchen bei Mamizu wusste.

„Hattet ihr Streit? Oder magst du einfach nicht mehr? Kannst du nicht mit ansehen, wie deine Freundin immer schwächer wird?"

„Nein, das ist es nicht. Sie will nur nichts mehr von mir wissen. Sie sagte, dass sie mich nicht mehr wiedersehen will."

„Also deshalb lässt du dich nicht mehr blicken?" Schwester Okazaki streckte ihren Fuß aus und versetzte meinem Bein einen leichten Tritt. „Du bist mir ja ein halbherziger Freund!“

„Was soll ich denn machen, wenn sie nichts mehr mit mir zu tun haben will? Da kann ich mich nur zurückziehen. Oder sind Sie etwa jemand, der Stalking aufregend findet?“, scherzte ich aus irgendeinem Grund völlig unangebracht. Mir war selbst klar, dass das zu nichts führte.

„Du kapierst rein gar nichts. Du findest deine Ignoranz noch nicht mal schlimm. Du glaubst, du hast recht. An diesem Gefühl berauschst du dich bloß. So was ist typisch, aber nicht richtig.“ Während sie in schneller Folge diese tiefsinnigen Bemerkungen abfeuerte, erhob sich Schwester Okazaki. „Ich muss jetzt meine Runde machen. Geh du für heute nach Hause. Und weck mir ja keine Patienten auf!“ Ich stand auch auf. Sie fuhr fort: „Weißt du, ich sehe nachts nach den Patienten. In letzter Zeit weint Mamizu im Schlaf. Seit du nicht mehr kommst, geht das ständig so. Vermutlich ist ihr das selbst gar nicht bewusst. Auch wenn ich so etwas mitkriege, kann ich dazu nichts sagen. Ich kann mich nicht in das Gefühlsleben jedes einzelnen Patienten einmischen. Sie redet auch im Schlaf. ‚Es tut mir leid, Takuya‘, sagt sie dauernd. Das ist doch dein Name? Jede Nacht entschuldigt sie sich bei dir. Ich habe keine Ahnung, was sie dazu treibt.“ Bei dieser Sprechgeschwindigkeit wäre Schwester Okazaki vielleicht eher als Komikerin oder Politikerin geeignet gewesen. „Du bist wohl der einzige Mensch auf der Welt, der das versteht", sagte sie abschließend und machte sich daran, das Stationszimmer zu verlassen.

„Hören Sie!", rief ich unwillkürlich laut.

„Pssst! Hier herrscht Nachtruhe."

„Verzeihung. Hören Sie, unsere Klasse führt beim Schulfest ein Theaterstück auf. Morgen ist die Premiere. Deshalb wollte ich Mamizu vorher noch sehen. Wären Sie so nett, Mamizu auszurichten, dass ich für sie mein Bestes gebe?"

„Wenn mir danach ist", erwiderte Schwester Okazaki, bevor sie wegging.

Schließlich ging ich gehorsam nach Hause, ohne Mamizu gesehen zu haben.

Am Tag des Schulfestes musste ich vor unserer Aufführung einiges durchmachen.

„Halt still, Okada!"

Die Mädchen aus der Klasse hatten sich mich geschnappt, um mich für meine Rolle als Julia zu schminken. Ich trug auch ein extravagantes Kleid. Vom Kleid hatte ich gewusst, von Make-up war jedoch nie die Rede gewesen.

„Also das ist echt nicht nötig ...", protestierte ich genervt, doch niemand hörte auf mich. Die Stimmung in der Klasse war schon zu aufgeheizt.

Die Jungs kicherten verstohlen. Mein Aussehen wurde gelobt.

„Du machst geschminkt richtig was her, Okada!"

„Ich glaube fast, du bist schöner als ich."

„Wer hätte gedacht, dass du so ein hübsches Mädchen abgibst?"

Ich war darüber nicht erfreut. Beim Blick in den Spiegel sah mir eine komische Gestalt entgegen. Ich wollte am liebsten alles hinschmeißen und wegrennen.

„Na, aufgeregt?", fragte Kayama, der mich mit fröhlicher Neugier inspizierte. Er war als Edelmann gekleidet.

„Nein, überhaupt nicht." Ich hätte ihn gern gefragt, ob er nicht eher der Nervöse war. Ich konnte die Anspannung in seinem Gesicht sehen.

„Hoffentlich wird's ein Erfolg, Okada."

Sobald ich in Frauenkleidung auf die Bühne trat, würde Shakespeares Tragödie unweigerlich zur Farce verkommen.

„Wir hätten dich auch in Frauenkleider stecken sollen. Wenn Romeo in Wahrheit eine Frau ist, gäbe das ein ganz neuartiges Lesbendrama." Ich verwechselte das wohl mit einer Tragikomödie.

„Von zwei Kerlen gespielt."

„Ich lach mich schlapp", sagte ich, obwohl ich es überhaupt nicht lustig fand.

Eigentlich hatte ich von dem Ganzen die Schnauze voll. Trotzdem war ich entschlossen, die Sache mit dem nötigen Ernst durchzuziehen. Schließlich machte ich das nicht für mich. Nachdem wir einigermaßen ernsthaft geprobt hatten, sollte alles gut gehen.

„Alles okay?“, fragte ich Kayama. Plötzlich machte ich mir doch etwas Sorgen.

„Klar. Steht dir gut.“ Aus irgendeinem Grund fühlte er sich bemüßigt, meine Verkleidung als Frau zu kommentieren.

Ich gab ihm einen kleinen Schubs und stand auf, da mein Make-up fertig war. In dem Moment vibrierte das Handy in der Jackentasche meiner Schuluniform, die ich in eine Ecke des Klassenzimmers geworfen hatte. Ich eilte hin und sah auf den Bildschirm. Er zeigte Mamizus Namen an. Es war ein Videoanruf.

„Hey, Okada! Es geht gleich los“, rief irgendjemand.

Gar nicht darauf achtend nahm ich den Anruf an. Plötzlich füllte Mamizus Gesicht den Bildschirm. Bei diesem Anblick musste ich lachen.

„Ich habe gehört, du wolltest mich sehen?“ Ihre Augen waren rot, sie hatte furchtbare Augenringe. Offenbar hatte sie bis eben noch geweint und gab sich keine Mühe, das zu verbergen. Ihr Gesicht sah schrecklich aus, so hatte ich sie noch nie erlebt.

„Na?“, fragte sie irgendwie stolz und selbstzufrieden.

„Egal, was andere sagen, du bist das schönste Mädchen, das ich je gesehen habe!“, versicherte ich ihr mit vollem Ernst. Dieser Moment hatte etwas Magisches. Ich war mir sicher, meine Worte würden ihre Wirkung auf sie nicht verfehlen.

„Hehe! Du siehst aber auch toll aus! Wie eine Prinzessin."

Sei bloß still!, dachte ich.

„Jetzt geht's los, Mamizu."

Mit laufendem Videoanruf trat ich auf den Flur. Als ich dort in meinem auffälligen Kleid und vollem Make-up erschien, drehten sich schlagartig alle nach mir um. Es war schwer zu sagen, ob die Rufe, die ich hörte, Jubel oder Schreckensschreie waren.

An unserer Schule war es üblich, dass die Darsteller in voller Kostümierung vom Klassenzimmer, das als Umkleide diente, in die Aula paradierten, wo die Aufführung stattfand. Alle Schüler, die unseren Weg kreuzten, blieben stehen und johlten uns zu. Ich schritt langsam und feierlich voran, meine Klassenkameraden im Schlepptau. Der Videoanruf lief weiter, während sich unsere Kolonne so den Gang entlang bewegte. Ich wollte Mamizu mitnehmen.

„Das machst du toll, Takuya", sagte sie bewegt.

„Gleich wird's ernst!" Na ja, ich war auch aufgeregt.

„Hals- und Beinbruch!", rief Mamizu mir zu.

„Danke", erwiderte ich kurz, wandte mich wieder nach vorne und schritt weiter. Als wir in der Aula ankamen, suchte ich Frau Yoshie und ging zu ihr.

„Meine Güte, wie siehst du denn aus, Okada?“, rief sie bei meinem Anblick halb lachend aus.

„Bitte ersparen Sie mir die Kommentare. Hier, das Handy ist mit Mamizu verbunden, ein Videoanruf.“

„Was? Wieso?“

„Das ist jetzt nicht so wichtig. Wären Sie so nett, mein Handy in Richtung Bühne zu halten? Mamizu gehört auch zu unserer Klasse. Ich glaube, sie möchte das sehen.“

Mit diesen Worten überreichte ich Frau Yoshie mein Handy. Wenn ich sie so bat, konnte sie bestimmt nicht Nein sagen. Die Lehrerin nickte schweigend und nahm das Gerät. Ich wandte ihr den Rücken zu und ging vom Zuschauerraum zum Bühnenrand.

„Mamizu sieht zu“, rief ich Kayama zu, der brav in Bereitschaft stand.

„Ich weiß. Ich hab ihren Videoanruf vorhin mitgekriegt.“

„Okay ... Dann lass uns unser Bestes geben.“

„Ja.“

Dann begann unsere Aufführung von *Romeo und Julia*.

Wie zu erwarten reagierte das Publikum hauptsächlich mit Gelächter. Kein Wunder, wenn ich als Mann die Julia spielte. Mir machte das nichts aus. Nur mit Kayama stimmte irgendwas nicht. Ich wusste nicht, ob er nervös war oder woran es lag, jedenfalls wirkte er angeschlagen, sobald es losging, obwohl er vorher noch recht munter gewesen war. Ich fragte mich, ob Kayama jemand war, der schwächelte, wenn es ernst wurde. So etwas hätte ich eigentlich nicht von ihm erwartet. Aus Verzweiflung mühte ich mich umso mehr, die Julia gut zu spielen.

Das Stück ging seinem Ende entgegen, es stand nur noch der tragische Tod von Romeo und Julia aus. Erst trank ich als Julia das Schlafmittel und lag auf der Bühne, als wäre ich tot. Dann wurde ich von Kayama als Romeo entdeckt und er rief die Zeilen, die wir schon dutzende Male geprobt hatten.

„Liebe Julia! Warum bist du so schön noch?"

Doch diesmal gab es ein Problem mit Kayama. Er brachte den folgenden Text nicht heraus. Obwohl ich weiter scheintot mit geschlossenen Augen auf der Bühne liegen sollte, blinzelte ich vorsichtig, um zu sehen, was mit ihm los war.

Vor mir stand ein Idiot. Kayama weinte. Er heulte Rotz und Wasser. Der Kerl, der bei einem Sturz aus dem ersten Stock keine Träne vergossen hatte, stand da und weinte. Vor lauter Heulen konnte er nicht weitersprechen. Das Publikum wurde unruhig, als es das mitbekam.

„Hey, was ist da los?"

„Mann, der heult ja!"

„Krass! Was soll das denn?"

„Was geht ab?"

Kayama, der den Text bei den Proben so lustlos runtergeleiert hatte, war auf einmal ganz davon ergriffen. Mir fiel ein, was er gestern zu mir gesagt hatte: „Dann stelle ich mir bei unserem Stück morgen einfach vor, du wärst Mamizu Watarase."

Eine Weile herrschte Schweigen. Es war wie eine Sendestörung. *Mann, Kayama, wird das jetzt noch was?* Ich beobachtete ihn besorgt.

Er weinte immer noch. Als sich trotzdem seine Atmung endlich beruhigt hatte, sprach er den folgenden Text in einem Zug: „Augen, blickt euer Letztes! Dies meiner Lieben!" Dann setzte er an, das Gift zu trinken.

Unwillkürlich streckte ich den Arm aus und rief: „Halt!" Ich richtete mich auf und ergriff Romeos Arm.

Alle anderen im Saal waren wie vom Donner gerührt. Das war nur allzu verständlich, schließlich sollte Julia eigentlich scheintot sein. Stattdessen war sie plötzlich aufgewacht und hatte Romeos Selbstmord verhindert. So kam es nicht zum tragischen Missverständnis zwischen den beiden. Es gab kein trauriges Ende mehr.

„Du darfst nicht sterben, Romeo!", rief ich mit weit geöffneten Augen, nachdem ich mich schwungvoll erhoben hatte. „Deine Julia ist nicht tot!" Die ganze Aula erschallte vor Lachen. „Ich war nur scheintot, Romeo! Ich bin nicht gestorben, es ist alles gut! Deine Julia lebt!"

„O-O-Oh ..." Kayama sah mich verwirrt an.

„Völlig irre …“, kommentierte ein Klassenkamerad am Bühnenrand, sich fassungslos an den Kopf greifend.

„Wow …! Da haben wir ja noch mal Glück gehabt“, sagte Kayama. Die Zuschauer brachen erneut in Lachen aus.

Ich hatte erwartet, von der ganzen Klasse gehasst zu werden, doch zu meiner Überraschung waren nur wenige sauer auf mich. Alle hatten die übliche Version von *Romeo und Julia* so satt, dass meine grauenvolle Improvisation im Endeffekt gut ankam und sich keiner beschwerte. Ich bekam sogar Zuspruch für die lustige Nummer. Die Sache war jedenfalls gegessen, niemand meckerte mehr rum. Die Einzige, die etwas einzuwenden hatte, war unsere Klassenlehrerin Frau Yoshie.

„Okada, das war schon ein bisschen zu viel …“

Ohne ihr Genörgel weiter zu beachten, nahm ich mein Handy. Der Videoanruf lief noch, auf dem Bildschirm lachte mir Mamizu entgegen.

„Na“, fragte ich sie, „hast du das gesehen?“

„Ja. Das war die interessanteste Aufführung von Romeo und Julia, die ich je erlebt habe.“

„Das freut mich.“

Immer noch im Kleid ging ich mit dem Handy im Griff aus der Aula nach draußen. Es kam mir vor, als würde ich eine Mini-Mamizu in der Hand halten. Draußen war es bereits Abend geworden. Auf einmal hatten wir Herbst und die Tage wurden früher dunkel.

„Hey, Julia!"

Als ich mich umdrehte, sah ich Kayama, der mir hinterherkam. Auch er war noch als Romeo verkleidet, samt Pappschwert, das er herumschwenkte. Er warf mir etwas zu. Es waren Feuchttücher zur Make-up-Entfernung.

„Du warst auch großartig, Akira", sagte Mamizu, als sie ihn bemerkte.

„Mit Leidenschaft gespielt, nicht wahr?" *Du musst gerade reden!,* dachte ich. „Kommst du mit zur Abschlussparty?", fragte mich Kayama in gleichgültigem Ton.

„Nee, kein Interesse", antwortete ich, während ich mir mit einem der Tücher das Gesicht abwischte. Ich wollte jetzt lieber schnell zu Mamizu. Das war in dem Moment wirklich mein Wunsch.

„Ich möchte aber hin!"

„Das heißt dann also ..."

„Geh mit, Takuya. Beim nächsten Mal erzählst du mir ausführlich davon."

„Jetzt hör mal zu ..."

„Du bist doch der Held des Tages. Beziehungsweise die Heldin. Also feiere mit den anderen."

Mit dieser Aufforderung beendete Mamizu plötzlich den Anruf. Wollte sie etwa rücksichtsvoll sein? Das war sonst nicht ihre Art. So etwas erwartete ich auch nicht von ihr. Ich wollte nicht, dass sie auf mich Rücksicht nahm, ich wollte sie sehen.

„Sag mal, Okada."

„Was?"

„Hast du nach all dem heute immer noch Angst?"

„Was willst du damit sagen?"

„Du bist derjenige, den sie liebt."

„Halt die Klappe!"

Am Ende ging ich doch mit den anderen mit, um den Abschluss des Schulfests zu feiern. Später verlagerte sich das Geschehen noch zum Karaoke. Irgendjemand sang ein Lied darüber, wie schnell die Jugend doch vorbei sei. Alle schienen Spaß zu haben. Schließlich beschloss ich, mich bei passender Gelegenheit aus dem Staub zu machen. Als ich auf die Uhr sah, war es bereits nach elf. Ich überlegte, ob ich in der Klinik vorbeischauen sollte. Aber ich hatte mir schon gestern eine Strafpredigt von Schwester Okazaki anhören müssen, außerdem sollte Mamizu in Ruhe ihren Schlaf bekommen. Ich entschied mich, sie am nächsten Tag zu besuchen.

Als ich wieder daheim war, fiel mir die Schneekugel ein. Das Material dafür hatte ich besorgt, es stand irgendwo rum. Ich hatte nichts Besseres vor, also versuchte ich, die Schneekugel zu reparieren. Mit dem Anleitungsbuch von Mamizus Vater machte ich mich an die Arbeit.

Als Erstes klebte ich das kleine Blockhaus innen auf den Deckel des Glasgefäßes, das ich gekauft hatte. Dann goss ich das Glas mit flüssigem Klebstoff voll, danach kam das sogenannte Schneepulver rein, ein Schneeimitat für den Modellbau. Das waren die Schnipsel, die ich zuerst für Konfetti gehalten hatte. Zum Schluss wurde der Deckel draufgeschraubt, das Glas umgedreht – und fertig! Das Ganze hatte keine zehn Minuten gedauert. Ich war überrascht, wie einfach die Sache gewesen war.

Allerdings war die Schneekugel jetzt keine richtige Kugel mehr. Da ich einfach ein gewöhnliches Schraubglas zweckentfremdet hatte, sah das Ergebnis entsprechend unförmig aus.

6

Am nächsten Tag regnete es, daher machte ich mich mit Schirm zur Klinik auf. Der Schirmständer dort war voll. Ging etwa eine Erkältung um? Da es mir zu umständlich war, den Schirm in einer der abschließbaren Halterungen unterzubringen, stopfte ich ihn einfach irgendwo dazu und ging rein. Mit dem Umzug in ein Einzelzimmer war Mamizu vom dritten in den fünften Stock gekommen. Ich war jedoch zu ungeduldig, um auf den Aufzug zu warten. Ich hatte die Schneekugel in meiner Tasche. Also stieg ich Stufe um Stufe die Treppen hoch, wobei ich etwas ins Schwitzen kam. Ich sah es als kleine Trainingseinheit.

Heute würde ich es ihr sagen. Ich wollte ihr noch einmal richtig meine Gefühle offenbaren.

Schließlich hatte ich die Treppen erklommen und erreichte Mamizus Zimmer im fünften Stock. An der Tür hing ein Schild.

Keine Besucher, stand darauf.

Ich war völlig erschüttert. Diese zwei Worte trafen mich wie ein Schlag vor den Kopf. Es lief mir eiskalt den Rücken runter. Das durfte nicht wahr sein! Ich konnte mich nicht mehr richtig auf den Beinen halten und musste mich hinkauern. Mein Atem ging schwer, ich hatte das Gefühl, keine Luft mehr zu kriegen. Die Welt drehte sich um mich herum, mir war kotzübel. Eine Weile blieb ich so hocken.

Ich fragte mich, was da drinnen vorging. Aber es brachte nichts, einfach reinzugehen. Wenn sich Mamizus Zustand dadurch verschlechterte, würde ich mir das nie verzeihen. Trotzdem wollte ich unbedingt wissen, wie es ihr im Moment ging.

Ich ging zum Stationszimmer, weil ich dachte, dort vielleicht Schwester Okazaki zu finden. Obwohl ich erst vorgestern hier gewesen war, sahen der Gang und das Zimmer für mich völlig anders aus. Alles wirkte so fremd. Es hatte sich nichts verändert, doch so kam es mir vor.

„Entschuldigen Sie, ich wollte mich nach Mamizu Watarase erkundigen. Wie geht es ihr?"

Schwester Okazaki war jedoch nicht da. Vielleicht hatte sie nicht Dienst oder sie war beschäftigt.

„In welcher Beziehung stehst du zu der Patientin?"

Die Frage brachte mich aus dem Konzept. Was war ich für Mamizu? Ich fand keine Worte, um unsere Beziehung angemessen zu beschreiben. *Ich bin* ...

„Ich bin ein Bekannter von ihr."

„Tut mir leid, im Moment können Unbefugte nicht zu ihr. Komm ein andermal wieder."

Nachdem ich mit dieser oberflächlichen Antwort abgespeist worden war, machte ich niedergeschlagen wieder kehrt. Aber ich konnte nicht einfach nach Hause gehen. Ich setzte mich auf die Bank vor Mamizus Zimmer und ließ mutlos den Kopf hängen. Vielleicht würde mich ja Schwester Okazaki ansprechen, wenn sie mich so dasitzen sähe. Doch sie tauchte nicht auf. Ich starb fast vor lauter Angst und Sorge. Währenddessen verging die Zeit und es wurde acht Uhr abends.

„Die Besuchszeit ist vorbei", sagte eine Krankenschwester, um mich aufzufordern, nach Hause zu gehen. Ich hatte nicht mal die Energie für eine Antwort. Schweigend schleppte ich mich zum Aufzug und stieg ein.

Auf dem Heimweg schrieb ich Mamizu ungefähr zwei Dutzend Nachrichten von meinem Handy.

Was ist los?
Alles in Ordnung?
Stimmt etwas nicht?
Lebst du noch?
Geht es dir gut?
Sag, dass es dir gut geht!
Bitte.
Hey!
Stirb nicht.
Du darfst nicht sterben.
Es gibt sicher noch Dinge, die ich für dich tun soll, nicht wahr?
Bestimmt ganz viele.
Sterben ist langweilig.
Da kommt nur das große Nichts.

Das ist total öde.

Amüsieren wir uns lieber.

Ich esse gerade Cup-Nudeln in einem Konbini.*

Obwohl ich traurig bin, habe ich Hunger.

Was auch traurig ist.

Wir müssen bald mal aus der Klinik abhauen und irgendwohin fahren.

So was hätten wir schon viel früher machen sollen.

Nicht wahr?

Genießen wir das Leben.

Du lebst doch noch?

Sei am Leben.

Bitte!

Ich flehe dich an.

Bitte sei am Leben.

Die Nachrichten blieben ungelesen, von Mamizu kam keinerlei Reaktion.

Ich konnte bis zum Morgen kein Auge zumachen. Ich hatte das Gefühl, ich könnte den Rest meines Lebens verbringen, ohne je wieder zu schlafen. Mir war schlecht,

---

* Japanische Bezeichnung für Convenience Store, in dem man vor allem sofort zu konsumierende Produkte erwerben kann.

ich musste mich übergeben. Es waren die Nudeln vom Vorabend. Ich wünschte, ich könnte an Mamizus Stelle krank werden. Oder gleich statt ihr sterben. Ich war nicht bereit, in einer Welt ohne Mamizu zu leben.

Daheim fand ich keinen Schlaf und zur Schule zu gehen hatte ich auch keine Lust, also ging ich raus. Mein Geist war vom Schlafmangel vernebelt und gleichzeitig klar. Das klang widersprüchlich, wenn man es so sagte, doch beide Zustände waren gleichermaßen in mir vorhanden.

Das Wohngebiet war am Morgen menschenleer. Ich fühlte mich allein. Ich wusste selbst nicht, seit wann ich mit Einsamkeit so ein Problem hatte. Früher waren mir andere Menschen nur auf die Nerven gegangen. *Menschen ändern sich,* dachte ich nüchtern.

Mit der Bahn fuhr ich in eine Einkaufsgegend, wo ich in einer Videospielhalle Zombies killte. Die Zombies griffen immer wieder an, so oft ich sie auch tötete. Ich staunte, welche Lebenskraft Untote besaßen. Letzten Endes wurde ich von den Zombies aufgefressen, darum wechselte ich zu einem Rennspiel. Da überlebte ich die spektakulärsten Crashs. Ich war unsterblich. Was ich auch anstellte, ich blieb am Leben. Anschließend machte ich alleine Purikura-Fotos am Automaten. Ich musste darüber lachen, wie meine Augen auf dem Bildschirm immer größer wurden. Dann ging ich nach draußen und verbrannte alle Bilder mit meinem Feuerzeug.

Beim Überqueren des Zebrastreifens hatte ich einen spontanen Einfall. Ich bestieg ein Taxi, das gleich daneben stand und sagte: „Bitte fahren Sie mich ans Meer." Ich wusste zwar nicht, ob mein Geld dafür reichen würde, aber das kümmerte mich nicht besonders.

Mit Mamizu an meiner Seite hätte mir sicher alles Spaß gemacht, doch allein war alles traurig.

Ich kam am Meer an. Mein Geld reichte gerade so. Das Problem war, wie ich wieder zurückkommen sollte, aber ich dachte, da würde sich schon irgendwas finden. Ich könnte ja per Anhalter fahren. So was hatte ich noch nie gemacht.

In der Nebensaison war am Strand nicht viel los. Ich stürzte mich in den Sand, bis ich von oben bis unten eingesandet war. Gelegentlich kamen Leute vorbei, die mich ansahen, als wäre ich ein Verrückter. Das störte mich nicht. Ich wälzte mich im Sand wie daheim auf dem Teppich. Mein Sinn für die Zeit kam mir abhanden. Vielleicht hatte ich einen Moment geschlafen, vielleicht auch nicht. Falls ja, konnten es nur ein paar Sekunden gewesen sein. Es wurde Abend, dann Nacht. Plötzlich bemerkte ich einen Polizisten, der mich begutachtete.

„Alles in Ordnung, junger Mann?"

„Alles bestens. Ich bin noch ganz normal", antwortete ich ausdruckslos. Mein Handy klingelte. Ich ging ran, ohne auf den Bildschirm zu sehen.

„Entschuldigung, ich habe gestern geschlafen. Was war mit deinen ganzen Nachrichten, hast du dir Sorgen gemacht?" Es war Mamizus Stimme, sie klang schwach.

„Ah, tut mir leid. Ich war einfach ein bisschen aufgeregt."

„Takuya?! Weinst du etwa?", rief Mamizu überrascht.

„Sei still. Natürlich nicht", war alles, was ich schließlich antwortete.

Als ich Mamizu am nächsten Morgen besuchte, hatte sie eine Reihe seltsamer Schläuche im Arm. Trotzdem fand ich eine überraschend muntere Mamizu vor. Sie richtete sich auf, sobald ich das Zimmer betrat und wandte sich mir zu.

„Ich bin in letzter Zeit oft müde, deshalb schlafe ich viel."

Wusste sie nicht, dass ich gestern dagewesen war? Doch eigentlich spielte das keine Rolle.

„Ich bin froh, dass du lebst." Ich musste fast lachen, denn so empfand ich es wirklich. Wäre Mamizu gesund gewesen, hätte ich mir vielleicht mehr von ihr gewünscht. Mehr so mit ihr zusammen zu sein. Von ihr geliebt zu werden.

Von ihr freundlich behandelt zu werden. Nicht von ihr belogen zu werden. Aber all das hatte sich Schicht um

Schicht abgeschält wie die Lagen einer Außenhaut, bis im Kern nur noch das Gefühl übrig blieb, dass alles gut war, solange sie lebte. Es reichte mir, wenn Mamizu am Leben war.

„Was hast du, Takuya?"

Ich kniff meine Augen etwas zusammen, um mich zusammenzureißen.

„Sag doch irgendwas."

„Mir ist das Geld ausgegangen."

„Was? Willst du mir Geld aus den Rippen leiern?"

„Quatsch. Ich bin mit dem Taxi ans Meer gefahren und dabei ging mein ganzes Geld drauf. War ziemlich blöd."

„Warum bist du ans Meer gefahren?"

„Eigentlich wollte ich schwimmen, aber dafür war es mir dann doch zu kalt. Später hielt mich ein Polizist für verdächtig und ich wurde polizeilich befragt."

„Bist du bescheuert?"

„Gut möglich. Ich musste mir auf der Polizeiwache Geld leihen."

„Wird ziemlich umständlich, das wieder zurückzugeben."

„Ja, ist mit dem Zug ganz schön weit."

„Komm her, Takuya. Hör zu." Mamizu winkte mich zu sich.

„Okay", sagte ich etwas nervös.

Mamizu streckte die Arme aus und zog mich kräftig zu sich. Ich sank auf ihre Brust nieder. Es fühlte sich ganz weich an.

„Was soll das?", fragte ich. Sie hielt mich fest umklammert. „Sollte ich nicht zuhören?"

„Genau. Hörst du, wie mein Herz klingt?"

Ich horchte aufmerksam hin. Tatsächlich, es war gut zu hören.

„Es schlägt immer noch kräftig."

Ich umarmte sie sanft.

„Huch! Hey, ich krieg keine Luft!", lachte Mamizu verlegen. „Lass mich los! Perverser Grapscher!"

Ich wollte sie nicht loslassen.

„Takuya, ich bekomme Beklemmungen!", rief Mamizu. Sie schob mich weg. Ihre Hände hatten immer noch Kraft. „Stell dir mal vor, wie es wäre, wenn der Mensch stirbt, den du liebst. Das wäre doch schrecklich, nicht wahr? Das täte furchtbar weh. So was kann man nicht vergessen. Das willst du sicher nicht, oder? Ich habe versucht, mir das vorzustellen. Ich glaube, ich könnte so nicht leben. Also lass uns aufhören, ja? Machen wir hier Schluss."

„Sei still", sagte ich zu ihr. Ich sah ihr in die Augen. „Dann ist es eben schrecklich und tut furchtbar weh. Ich könnte dich nie vergessen."

„Du machst es mir nicht leicht", sagte Mamizu. Sie senkte das Gesicht, um meinem Blick auszuweichen.

„Ich liebe dich." Ich wollte nicht mehr vor meinen Gefühlen davonlaufen. Das konnte ich nicht mehr. Nicht nur ich ... Wir konnten uns beide nicht mehr davor verschließen.

„Wenn du so was sagst, weiß ich nicht weiter." Den Blick abwendend, wich Mamizu vor mir zurück. Sie kauerte sich ängstlich zusammen, als fürchtete sie sich vor etwas.

„Warum?", fragte ich.

Sie schwieg lange. Da ich nicht auf die Uhr gesehen hatte, konnte ich nicht sagen, wie viele Sekunden oder gar Minuten es waren. Wir blieben beide stumm und regungslos, als wäre die Welt stehengeblieben.

Dann sah Mamizu zu mir. Sie starrte mich schweigend an. Ich wich ihrem Blick nicht aus. Wir blickten uns lange an. Ich hatte das Gefühl, ich dürfte meine Augen nicht abwenden, sonst ginge irgendwas kaputt. Mamizu sah mich an, als wäre sie wütend.

Ihre Augen waren wunderschön. Aber es kullerten Tränen aus ihren Winkeln. Sobald sie angefangen hatten, strömten die Tränen unaufhörlich, als sei ein Staudamm gebrochen. Trotzdem sah ich Mamizu weiter an, ohne mich das geringste bisschen zu rühren. Schließlich sagte sie ein paar Worte.

„Weil ich dich auch liebe, Takuya."

In dem Moment wünschte ich, die Zeit würde stehenbleiben.

Beim Gedanken, dass Mamizu bald sterben würde, fand ich manchmal, ich sollte auch sterben. Schließlich starben alle Menschen irgendwann. Früher oder später war der Tod unausweichlich. *Also kommt es doch aufs Gleiche raus, ob ich jetzt sterbe oder irgendwann später,* dachte ich. Die Vorstellung, dass die Welt nach Mamizus Tod weiterginge, schien mir unerträglich grausam. Vielleicht hätte ich mich nicht so aufgeregt, wenn alle Menschen gleichzeitig zur Welt kämen und sterben würden.

Ich fand die Welt grausam. Mir war schleierhaft, welchen Sinn das Leben hatte. Diese Gedanken waren nicht neu, so war es mir schon immer gegangen.

„Du siehst in letzter Zeit echt übel aus", meinte Kayama in der Pause, während er mir ins Gesicht spähte.

„Lass mich in Ruhe."

„Du kommst doch nicht etwa auf dumme Gedanken?"

„Was meinst du damit?", fragte ich zurück, was ihn verstummen ließ. „Sehe ich etwa aus, als wollte ich mit einer Bombe das Parlamentsgebäude stürmen?"

„Du siehst aus, als wolltest du splitternackt eine Mädchenschule überfallen."

„Machst du mit?“

„Da bin ich jederzeit dabei.“

Ich musste lachen. Er lachte mit. Dann sagte ich: „Danke, Kayama.“

„Wie läuft's mit Mamizu Watarase?“

„Daraus wird nichts“, erklärte ich ehrlich überzeugt.

„Dann musst du was draus machen. Du bist doch ein Mann!“

Ich wollte ihm sagen, dass das mit Mann oder Frau nichts zu tun hatte, aber ich ließ es lieber, weil das nur zu sinnlosen Diskussionen geführt hätte.

„Was soll ich machen?“, fragte ich, ohne eine Antwort zu erwarten.

„Sei einfach bei ihr und hör ihr zu.“ Kayama gab etwas unglaublich Selbstverständliches von sich. Das klang wie die üblichen Ratschläge, die man normalen Paaren gab.

„Stimmt wohl“, erwiderte ich nur.

Von da an zählten wir jeden einzelnen Tag. Mamizus Zustand schwankte heftig, mal ging es ihr besser, mal schlechter. Manchmal durften keine Besucher zu ihr, wie es neulich schon vorgekommen war. Aber an ihren guten Tagen konnten wir uns so flüssig unterhalten wie zuvor.

Da sie aufgehört hatte, mich zu bitten, für sie Dinge zu tun, die sie vor ihrem Tod noch machen wollte, fragte ich sie eines Tages: „Gibt es nichts, das du tun möchtest?“

„Tja, dann ... Ich würde gerne mal küssen", sagte sie.

„Das heißt also, ich soll wie üblich an deiner Stelle irgendwo irgendjemanden küssen. Sehe ich das richtig?"

„Genau. Küss einfach, wen du willst! Hey, warte ... Kjaaah!"

Ich drückte Mamizu nieder und versuchte, sie mit Gewalt zu küssen. Sie wehrte sich zappelnd.

„Nicht! Das ist noch zu früh!", rief sie. Angesichts ihres heftigen Widerstands ließ ich sie los. „Ich liebe dich, Takuya. Ich möchte dich für alles um Entschuldigung bitten, was bisher passiert ist.", sagte Mamizu, als wollte sie mich dafür trösten, nicht zu einem Kuss gekommen zu sein. „Vielleicht hätten wir früher so ehrlich miteinander sein sollen, meinst du nicht? Jetzt ist es ein bisschen zu spät dafür."

„Na ja ... Aber es musste für uns so sein. Wenn wir das alles nicht durchgemacht hätten, wäre unsere Beziehung vielleicht anders geworden. Vielleicht nicht so wie jetzt. Es ist gut so, wie es ist."

„So wie diese unförmige Schneekugel?" Mamizu zeigte lächelnd auf ihren Nachttisch, wo die von mir aus einem Schraubglas gebastelte Schneekugel stand. Darin war immer noch das alte kleine Blockhaus.

„Gefällt sie dir nicht?"

„Klassisch schön ist sie nicht, aber man spürt die Liebe dahinter."

In letzter Zeit fand ich nachts kaum noch Schlaf. Stattdessen schlief ich im Unterricht. Nachdem ich tagsüber nur noch pennte, war mein Tag-Nacht-Rhythmus praktisch völlig auf den Kopf gestellt.

Als ich eines Nachts aufwachte und auf die Uhr sah, war es zwei Uhr. Ich hatte weniger als eine Stunde geschlafen. Selbst wenn ich versucht hätte, noch mal einzuschlafen, hätte es nichts gebracht.

Da ich sonst nichts zu tun hatte, fing ich an aufzuräumen. Es hätte auch etwas anderes sein können als Aufräumen. Solange ich mich so darin vertiefen konnte, dass ich nicht denken musste, war mir alles recht.

Ich hatte lauter Zeug im Zimmer, das ich nicht brauchte. Ich beschloss, alles wegzuschmeißen. Als ich die Schreibtischschublade öffnete, stieß ich auf ein Seil. Ich hatte es aus Meikos Zimmer entfernt und bei mir versteckt.

Meiko war oft deprimiert, nachdem ihr Freund bei einem Autounfall ums Leben gekommen war. Trotzdem bemühte sie sich, sich mir gegenüber vergleichsweise fröhlich zu benehmen. Da ich damals in der siebten Klasse war, schien ich Meiko wahrscheinlich zu jung, um mir ihren Kummer zu zeigen oder mich um Rat zu fragen. Ich machte mir deswegen Sorgen um sie.

Als ich eines Tages in ihr Zimmer kam, tat sie gerade etwas Seltsames: Sie knüpfte eine Schlaufe aus einem Seil.

„Was machst du da, Meiko?"

„Kannst du nicht anklopfen?", erwiderte meine Schwester verärgert.

„Was hast du damit vor?"

„Niemand darf erfahren, was du eben gesehen hast, auch Mama nicht. Behalte das unbedingt für dich."

„Warum?"

„Weil es um die Würde eines Menschen geht."

Damals begriff ich den Sinn von Meikos Worten nicht wirklich, doch ich konnte sehen, wie ernst es ihr war. Es blieb mir nichts übrig, als einfach „okay" zu sagen. Auch wenn ich nicht verstand, was meine Schwester meinte, war mir natürlich klar, was das Seil zu bedeuten hatte.

Am nächsten Tag wurde Meiko beim Überqueren der Straße von einem Auto erfasst und getötet. Es hieß, sie habe versucht, an einer Stelle, wo es keine Ampel gab, über eine vielbefahrene Hauptstraße zu laufen, auf der die Fahrzeuge mit hoher Geschwindigkeit unterwegs waren. Niemand verstand, warum sie so etwas Riskantes getan hatte.

Vor Meikos Totenwache war mir jedoch das Seil wieder eingefallen. Ich hatte es aus ihrem Zimmer geholt und bei mir versteckt. Ich hatte keinem etwas davon gesagt. Ich spürte, dass das etwas war, das ich niemandem verraten durfte. Selbstverständlich kam es auch nicht infrage, mit meinem Therapeuten darüber zu sprechen.

Inzwischen kam es mir vor, als würde ich ein Stück weit verstehen, was meine Schwester mit „Würde“ gemeint hatte. Ich steckte den Kopf durch die Schlinge, die sie gemacht hatte. Dann legte ich mich hin und schloss die Augen. Ich hatte das Gefühl, auf die Art könnte ich Meiko im Traum begegnen.

Ich beschloss, meinen Job im Maid-Café aufzugeben. Da ich mich nicht auf die Arbeit konzentrieren konnte und überhaupt nicht mehr bei der Sache war, machte ich den anderen nur Scherereien. Der entscheidende Grund war aber, dass mir die Zeit mit Mamizu wichtiger war.

Trotzdem überkam mich Traurigkeit, als ich meinem Chef gekündigt hatte. Es schien mir, als hätte ich Mamizus Tod bereits akzeptiert, wenn ich meine Arbeit aufgab, weil ich die verbleibende Zeit lieber mit ihr verbringen wollte. Dieser Gedanke machte mir geistig zu schaffen.

Nach meiner letzten Schicht ging ich wie üblich mit Riko nach Hause. Unterwegs fragte sie mich ungefähr dreißig Mal, ob mit mir alles in Ordnung wäre. Das wurde langsam lästig.

Ich konnte ihr das jedoch nicht vorwerfen. Mir war klar, dass ich wie jemand aussah, mit dem definitiv nicht alles stimmte. Ich hatte eher das Gefühl, mich bei Riko entschuldigen zu müssen.

Die Ampel wechselte von Grün auf Rot, doch ich bekam es nicht mit. Ohne es selbst zu merken, hatte ich mir irgendwann angewöhnt, mit gesenktem Kopf zu laufen.

Riko, die vor mir den Fußgängerüberweg überquert hatte, drehte sich zu mir um und rief: „Komm schnell rüber, das ist gefährlich!"

Ich sah mich um, es war wenig Verkehr. Nur ein einziges Auto näherte sich.

„Keine Sorge!"

Irgendwie fehlte mir die Kraft, mich zu bewegen. Völlig weggetreten starrte ich auf das ankommende Auto. Es war von der gleichen Marke wie das, das meine Schwester überfahren hatte, fiel mir auf. Plötzlich wurde mir bewusst: Wenn ich nur einen Moment länger stehen bliebe, würde ich wissen, was Meiko damals empfunden hatte.

Ich konnte mich keinen Schritt rühren, ich war wie in Schockstarre.

„______ !!!"

Als Riko mir irgendwas zurief, kam ich wieder zu mir. Auf einmal stand sie vor mir. Sie hatte sich schützend zwischen mich und das Auto geworfen.

„Halt!!“

Der Wagen bremste abrupt und kam haarscharf vor Riko zum Stehen. Sie schleifte mich mit Gewalt zum Bürgersteig und starrte mich entsetzt an. Ich dachte, sie würde etwas sagen. Von mir aus hätte sie mir alles Mögliche an den Kopf werfen dürfen, aber es kam nichts. Dann hob sie ihre Hand. Ich rechnete schon mit einer Ohrfeige, doch stattdessen legte sie mir die Hand auf die Wange. Riko hatte Tränen in den Augen. Ich fragte mich, wieso sie weinte.

„Dein Herz ist gebrochen, Okada.“ Mit diesen Worten drehte sie mir den Rücken zu und ging weg.

Ich stand eine ganze Weile fassungslos auf dem nächtlichen Gehsteig.

7

Mamizu sagte immer weniger. Das Sprechen schien sie anzustrengen. Manchmal fing sie aber auch wegen Kleinigkeiten Streit an. Dann warf sie mir Dinge an den Kopf wie: „Komm nicht mehr her!“ oder „Auf Nimmerwiedersehen!“ Auf diese Standardsprüche reagierte ich gar nicht.

Im Gegensatz zu früher weinte Mamizu jetzt oft. Vielleicht hatte sie sich bisher mir gegenüber immer möglichst zusammengerissen. Es kam mir vor, als hätte sie weniger Hemmungen, Schwäche zu zeigen, ähnlich wie bei den Dingen, die sie mir an den Kopf warf. Seltsamerweise machte mir das nichts aus.

„Es ist ziemlich nervig, an einer Krankheit zu sterben. Vielleicht sollte ich mich von dir töten lassen“, meinte Mamizu. An dem Tag war sie geistig und körperlich recht gut drauf. Sie redete viel, was selten geworden war.

„Ich hab aber keine Lust, in den Knast zu gehen.“

„Wie wär's dann mit einem Doppelselbstmord? Würdest du mit mir sterben, Takuya?“, scherzte Mamizu. Ich fand das nicht lustig.

„Klar. Wie sollen wir es anstellen?“

„Ins Wasser gehen ist ein bisschen zu gewöhnlich, nicht wahr?“

„Ist es wirklich nötig, sich so den Kopf darüber zu zerbrechen?“

„Was hältst du von Erhängen?"

Ich versuchte mir bildlich vorzustellen, wie unsere Leichen nebeneinander baumelten. Das kam mir ziemlich dämlich vor.

„Wir könnten gemeinsam irgendwo runterspringen, wie findest du das?"

Zu zweit durch die Luft fliegen? Das klang auch bescheuert. Eher nach irgendeinem abgefahrenen Ninja-Trick als nach großer Romantik. „Flying Double Buster" oder irgendwas in der Art.

„Harakiri?", schlug ich vor.

„Ist das nicht ein bisschen zu radikal? Außerdem braucht man dazu einen Sekundanten, der einem am Schluss den Kopf abschlägt. Da könnte einer von uns beiden nicht sterben. Und wenn's schiefgeht, tut's höllisch weh. Nein, ich wäre mehr für eine zwanglosere Methode."

„Kältetod?"

„Aber wo sollen wir erfrieren?"

„Auf einem verschneiten Berg?"

„Viel zu weit!"

„In einer Gefriertruhe?"

„Ob es welche gibt, wo wir beide reinpassen?"

„Vielleicht eine für den gewerblichen Gebrauch."

„Dann müssen wir so eine finden."

Dieser scherzhafte Schlagabtausch verbesserte meine Stimmung jedoch nicht besonders. Ich wollte lieber hören, wie Mamizu lachte und nach Lust und Laune einfache, verständliche Dinge sagte. Ich wünschte mir, sie würde wieder so lauthals lachen wie am Anfang, wo sie ihren Spaß daran hatte, mich mit ihren absurden Aufgaben in Verlegenheit zu bringen.

„Hast du nicht noch was auf deiner Wunschliste?", fragte ich.

„Also gut, ein letzter Wunsch."

Mamizu sah mir direkt in die Augen. Der Ausdruck „letzter Wunsch" hatte mich erschreckt.

„Als Letztes möchte ich wissen, was nach dem Tod ist."

Als ich das hörte, kam mir plötzlich ein Gedanke. Ich hatte den Tag im Kopf, an dem Kayama mich gerettet hatte. Seit ich damals nicht gestorben war, hatte ich immer das Gefühl gehabt, tot zu sein, obwohl ich lebte. Daher dachte ich, ich wüsste eine gute Methode.

„Ich komme heute Abend noch mal", sagte ich zu Mamizu, bevor ich ihr Zimmer verließ. Sie hatte mich verwundert angesehen. Ihr Gesicht drückte Verständnislosigkeit aus. *Warte nur,* dachte ich, *bald wirst du es verstehen.*

Daheim dachte ich in Ruhe über die Sache nach. Es war jedoch kein spontaner Einfall gewesen, daher kam ich nicht ins Schwanken. Ich hielt das für die beste Idee. Ich faltete vor Meikos Altar die Hände zusammen.

Liebe Meiko, nach deinem Tod habe ich mich immer wieder gefragt, warum du gestorben bist. Bestimmt hundertmal.

Doch ich verstand deine Gefühle überhaupt nicht. Ich fand das idiotisch. Ich begriff nicht, wieso man sterben wollte. Ich gab sogar den Versuch auf, es zu verstehen, weil ich dachte, die Gefühle eines anderen Menschen blieben einem immer fremd, selbst unter Geschwistern. Trotzdem ging mir das alles nicht aus dem Kopf.

Wenn du gestorben bist, weil dein Freund starb, dann konnte ich deine Gefühle damals nicht verstehen. Schließlich war ich noch nie verliebt gewesen oder hatte unter dem Tod eines wichtigen Menschen gelitten. Doch jetzt verstehe ich es endlich. Ich weiß, was es heißt, verzweifelt zu sein.

„Stirbt der Mensch, den man liebt, muss man sich selbst töten.“

Neulich habe ich auch versucht, mich von einem Auto überfahren zu lassen. In dem Moment kam es mir vor, als hätte ich deine Gefühle endlich verstanden.

„Wie lange willst du noch vor Meikos Altar beten?“

Die Stimme meiner Mutter holte mich wieder in die Realität zurück. Ich sah, wie sie geschäftig den Tisch fürs Abendessen deckte.

„Ich helfe dir“, sagte ich und ging zu ihr.

„Das ist mir irgendwie unheimlich.“

Es gab Reis mit Curry. Das war Meikos Lieblingsessen gewesen. Auch nach dem Tod meiner Schwester machte meine Mutter es weiter zuverlässig jede Woche.

„Unser Curryreis ist seltsam, oder?“, bemerkte ich. Meine Mutter sah mich erstaunt an. „Na, bei uns ist er immer mit Meeresfrüchten. Normalerweise ist doch Fleisch drin. Mochte Meiko das so?“, fuhr ich fort.

Lachend erwiderte meine Mutter: „Nein, ich mag es so.“ Das war mir neu. „Papa mag doch kein Curry. Deshalb konnte ich das schlecht servieren, bevor Meiko geboren wurde. Doch deine Schwester kam nach mir, sie liebte auch Curry mit Meeresfrüchten. Seitdem kann ich es mit gutem Gewissen auf den Tisch stellen.“

„Das heißt also, du hast das immer gekocht, weil du es selbst essen wolltest?“

„Genau“, gab meine Mutter mit einem schelmischen Lächeln zu.

„Gib mir noch was“, bat ich meine Mutter, obwohl ich eigentlich satt war.

„Hol dir selbst Nachschlag“, sagte sie und brachte mir welchen.

„Hör zu, Mama“, fing ich an, während ich aß. „Mit mir ist jetzt alles in Ordnung.“

Meine Mutter guckte einen Moment orientierungslos, als ich das sagte, dann breitete sich Verständnis auf ihrem Gesicht aus. Es fiel mir schwer, alles zu sagen, was ich auf dem Herzen hatte, daher konnte ich mich nur so ausdrücken.

„Wirklich?", fragte meine Mutter. Sie wirkte glücklich. Es gab mir einen Stich ins Herz, sie so zu sehen.

„Ja. Alles okay."

Danach duschte ich, putzte mir die Zähne und zog ein frisches weißes Hemd an. Ich ging auf den Balkon und rief Kayama an.

„Was gibt's?"

„Ich wechsle die Schule." Ich brachte es nicht fertig, ihm alles zu sagen.

„Was? Wieso das auf einmal?"

„Mein Vater wurde versetzt."

„Wohin?"

„Rate mal."

„Ins Ausland?"

„Volltreffer", sagte ich, als wollte ich seinen Scharfsinn loben.

„Du wirst mir fehlen."

„Danke für alles bis jetzt, Kayama", sagte ich. Dann herrschte kurz Schweigen.

„Das ist doch mit Sicherheit gelogen", bemerkte Kayama trocken. „Wo bist du gerade, Okada?"

Ohne weitere Antwort beendete ich den Anruf und schaltete mein Handy aus. Dann gab ich Schildkröterich eine übergroße Menge Futter.

Er sah mich wie üblich mit schläfrigem Gesichtsausdruck an und trieb sich unbekümmert in seinem Becken herum. *Wenn ich wiedergeboren werde, dann als Schildkröte,* dachte ich mir, obwohl ich eigentlich nicht an Wiedergeburt glaubte.

Kurz nach zehn ging ich aus dem Haus.

„Wohin willst du so spät noch?“, hielt mich meine Mutter mit besorgter Stimme auf. Vielleicht ahnte sie irgendwas.

„Nur ein Stück raus.“ Dann verließ ich das Haus.

Ich schlich mich mitten in der Nacht in Mamizus Zimmer. Sie erwartete mich schon ungeduldig.

„Wo bleibst du so lange, Takuya?“

Ich schob den Rollstuhl, der in der Ecke stand, an ihr Bett. Mamizu hatte inzwischen kaum noch Kraft zum Laufen.

„Wohin gehen wir?“

„Aufs Dach.“

„Der Aufzug geht aber nur bis zum sechsten Stock, damit kommen wir nicht bis aufs Dach“, wandte Mamizu ein. Damit wollte sie sagen, dass wir den Rollstuhl nicht benutzen konnten. „Trägst du mich?“, fragte sie ein bisschen aufgeregt.

Da sie aufgeregt war, war ich auch aufgeregt. Außerdem hatte ich noch nie ein Mädchen auf dem Rücken getragen. Ich hatte Zweifel, ob ich das hinkriegen würde, aber dies war nicht der Moment, die Nerven zu verlieren und schlappzumachen. Gefasst stellte ich mich in gebückter Haltung neben Mamizus Bett und bedeutete ihr, aufzusteigen.

Mit einem kurzen Ächzen sprang Mamizu auf meinen Rücken, als wollte sie mich umarmen. Im ersten Moment dachte ich, sie würde herumblödeln, doch dann wurde mir schnell klar, dass sie nicht mehr die Kraft hatte, ihr Gewicht langsam auf meinen Rücken zu verlagern, ohne mich zu belasten.

Ich öffnete die Tür und trat auf den Flur. Kein Anzeichen vom Feind – nirgendwo eine Krankenschwester, die uns hätte aufhalten können. Alles im grünen Bereich. Am Ende des Korridors ging ich um die Ecke und erreichte die Treppe. Schritt um Schritt stieg ich vorsichtig nach oben. Mamizu klammerte sich an mir fest, ohne ein Wort zu sagen.

Ich war überglücklich, kein bisschen traurig. Es fühlte sich an, als wäre ich geboren worden, um diesen einen Moment zu erleben. Ich erklomm die Treppe, während ich diesen kurzen, kostbaren Augenblick genoss.

Dann kamen wir auf dem Dach an. Wir waren nicht mehr hier gewesen, seit wir den Sternenhimmel bewundert hatten.

„Es ist stockdunkel", flüsterte Mamizu mir in leise singendem Ton ins Ohr.

Über uns breitete sich ein klarer, wolkenloser Nachthimmel aus. Der Mond und die Sterne funkelten am Firmament. Der Mond sah noch schöner aus als zuvor, vielleicht, weil Herbst war. Festen Schritts stapfte ich über den Betonboden des Dachs.

„Oh!", entfuhr es Mamizu erschrocken. Gleichzeitig nahm ich das Licht hinter mir wahr. „Ich leuchte ganz stark."

Beim Blick hinter mich sah ich, wie kräftig sie bereits leuchtete. Es war das charakteristische Phänomen der Leuchtkrankheit, dass der Körper im Mondschein Licht ausstrahlte. Je weiter die Krankheit voranschritt, desto stärker wurde das Licht. Mamizus Körper strahlte ein weißglühendes Licht aus, das nicht mit dem bei unserem letzten Besuch auf dem Dach zu vergleichen war.

„Das ist hübsch, nicht wahr? Wie ein Glühwürmchen", sagte sie verlegen.

„Im ganzen Universum gibt es nichts Schöneres." Ich setzte Mamizu auf eine Bank.

„Der Wind ist angenehm." Ihre langen Haare flatterten sanft in der Brise. „Ich bin so glücklich, dir begegnet zu sein, Takuya." Das Gesicht der leuchtenden Mamizu war das Einzige, was ich in der Dunkelheit gut sehen konnte, deutlicher als die fernen Sterne und den Mond. „Jetzt ist mein Leben komplett, mir fehlt nichts mehr“, sagte sie zufrieden. Ihr Gesichtsausdruck war der eines Menschen, der seinen herannahenden Tod vollständig akzeptiert hatte.

„Ich brauche auch nichts mehr. Überhaupt nichts.“

„Nein, Takuya, bei dir ist es anders.“

„Doch, es ist so.“ Mein Leben war bereits zu nichts geworden.

„So sollte es aber nicht sein“, sagte sie traurig.

Ich legte Mamizu meine Hände auf die Augen, um sie zu schließen.

„Was soll das?“

„Lass sie einfach zu. Ich sage dir, wann du wieder gucken darfst. Klar?“

„Also gut.“

Jetzt wurde es ernst. Ich lief schnell zur Ecke der Dachterrasse, wo ich in einem Satz über das Schutzgeländer sprang. Vor meinen Augen erstreckte sich nur Dunkelheit. Das hier war der achte Stock, eine ganz andere Nummer als der erste. Der Ausgang stand fest. Nur noch ein paar Schritte und ich könnte einen großartigen Sprung machen.

Einen richtigen, gewaltigen Sprung, gegen den der von Kayama damals gar kein Vergleich war. Ich trat noch näher an den Rand. Als mich nur noch ein halber Schritt vom Abgrund trennte, drehte ich mich nach hinten und rief: „Jetzt kannst du hersehen, Mamizu!“

Sie öffnete die Augen. Erkennbar verwirrt blickte sie mich an. „Was machst du da?“, fragte sie völlig fassungslos.

„Ich werde jetzt sterben!“ Ich fragte mich, ob ich verrückt war. Aber das war ich nicht. Verrückt war eine Welt, in der Mamizu starb. „Damit du weißt, was nach dem Tod ist.“

„Hast du sie noch alle?“

„Sterben ist nichts, wovor man Angst haben muss. Das werde ich dir zeigen.“

„Natürlich macht es Angst“, sagte Mamizu mit zitternder Stimme.

„Und wie das Angst macht! Wie könnte man sich nicht davor fürchten?! Selbst ich habe schreckliche Angst davor.“

„Ich fürchte mich mehr vor dem Leben“, sagte ich. „Ich habe zum Beispiel Angst, Dinge zu vergessen, wenn ich weiterlebe. Dein Lachen, deine Stimme, deine heftigen Gefühlsausbrüche, die Art, wie du ein- und ausatmest. Ich fürchte mich davor, mir stattdessen englische Vokabeln zu merken, die Namen meiner blöden Klassenkameraden oder irgendwelche neuen Wege irgendwohin. Am Ende lerne ich sogar noch, wie man eine Visitenkarte überreicht.

Wenn ich nach deinem Tod weiterlebe, kommt vielleicht irgendwann der Moment, wo ich mir denke: Das Leben ist doch gar nicht so übel. Davor habe ich Angst!"

„Und deshalb willst du sterben?"

„Ich fühle mich die ganze Zeit schuldig, weil ich lebe. Seit Meikos Tod. Findest du die Welt nicht grausam? Ich schon! Jeden Tag sterben Unmengen von Menschen und neue werden geboren. Aber die Toten werden vergessen, alle richten den Blick auf eine strahlende Zukunft. Geliebte Menschen sterben und die Welt geht weiter.

Könnte irgendwas grausamer sein? Ich ertrage so eine Welt nicht. Ich will sie nicht ertragen."

„Das ist doch Irrsinn, Takuya!"

„Du sollst mich jetzt sterben sehen, damit du siehst, was nach dem Tod ist. Du interessierst dich doch für den Tod? Ich auch. Vielleicht habe ich mich deshalb zu dir hingezogen gefühlt. Ich möchte vor dir sterben."

Dann wandte ich Mamizu den Rücken zu. Meine Augen hatten sich an die Dunkelheit gewöhnt. Tief unter mir konnte ich den asphaltierten Boden erkennen. *Achter Stock ist verdammt hoch,* dachte ich mir. Da stirbt man garantiert sofort. *Kayama, ich werde einen noch viel größeren Sprung wagen als du.* Endlich verstand ich, wie es Meiko damals wirklich ging. Ich hatte das Gefühl, ihr immer näherzukommen. Meine Beine zitterten.

Auf einmal hörte ich ein Scheppern hinter mir. Es kam vom Rütteln des Schutzgeländers. Überrascht drehte ich mich um. Ich konnte es nicht fassen. Obwohl Mamizu kaum laufen konnte, war sie direkt neben mir auf der anderen Seite des Gitters. Sie war aus eigener Kraft hergekrochen.

„Es ist mir egal", sagte sie. „Es kümmert mich nicht, was nach dem Tod ist!"

Ich war ziemlich verwirrt. Es war ihr egal? Das konnte nicht sein. Mamizu würde bald sterben, da war diese Frage selbstverständlich das, was sie am meisten beschäftigte. Das wäre jedem so ergangen. Selbst mir als Gesundem ging es so. Weil keiner wusste, was nach dem Tod war, fürchtete man sich davor.

„Das ist mir gerade klar geworden. Ich dachte immer, ich wollte es wissen, aber das stimmt nicht. Dank dir habe ich das endlich begriffen."

Das konnte nicht wahr sein, Mamizu log mich an. Sicher wollte sie mich nur aufhalten.

„Mir war immer klar, dass du dich zu mir hingezogen fühlst, weil ich bald sterbe." Mamizu ergriff das Gitter mit beiden Händen und zog sich mühsam daran hoch, bis sie wackelig auf den Beinen stand. Sie musste ihr Gewicht auf das Geländer stützen. Es schnürte mir das Herz zusammen, sie so zu sehen. „Ich habe mir deswegen immer Sorgen gemacht, aber ich konnte nicht darüber sprechen. Ich dachte, ich sei nicht in der Lage, die Verzweiflung eines anderen Menschen zu verstehen. Deine Verzweiflung ist anders als meine. Meine ist die Verzweiflung eines Menschen, der bald sterben wird, deine die eines Menschen, der lebend zurückbleibt. Ich war überzeugt, das sei himmelweit voneinander entfernt. Ich kämpfte die ganze Zeit damit, den Tod zu akzeptieren. Ich redete mir ein, das sei nun mal das menschliche Schicksal. Alle Menschen sterben.

Ich wollte alles loswerden, was mich in dieser Welt hält. Deshalb habe ich die Liste der Dinge gemacht, die ich vor meinem Tod noch tun wollte. Doch es war furchtbar hart. Wenn es so wehtut, wäre ich lieber nicht geboren worden, dachte ich. Immer wieder wünschte ich mir, ich wäre gar nicht erst auf die Welt gekommen, wenn ich so sterben muss. Ich dachte, wenn es einen Gott gibt, muss er ein eiskalter Psychopath sein. Er wirft dich in die Welt, gibt dir Dinge mit, lässt dich Sachen erleben und dann nimmt er dir alles wieder weg und bringt dich um. Das ganze Leben war nur dazu da, bereut zu werden. Was einem Glück und Freude bereitet hatte, wurde hässlich und bitter. Das frustrierte mich und machte mir schwer zu schaffen. Es wäre besser gewesen, von Anfang an nicht zu existieren. Von Anfang bis Ende nur das große

Nichts, das wäre leichter. Hätte ich das Leben nicht gekannt, wäre mir das Leid des Sterbens erspart geblieben. Ich wollte immer zu nichts werden, mich dem Nichts annähern. Am liebsten hätte ich mein ganzes Leben ungeschehen gemacht.

Es ging mir darum, das Interesse am Leben zu verlieren. Doch dann hat mich jemand verändert. Das warst du. Ich konnte alles andere aufgeben, nur dich nicht. Obwohl ich es ständig versucht habe. Vielleicht bin ich verrückt, wenn du mir wichtiger bist als ich selbst. Eben habe ich versucht, mir die Zukunft in einer Welt vorzustellen, in der du tot bist. Das schien mir absolut unmöglich. In dem Moment wurde mir klar, dass ich immer noch etwas von der Welt erwarte. Eine Welt, in der du lebst, ist etwas völlig anderes als eine Welt, in der du tot bist. Und dann wurde mir der Wunsch bewusst, den ich immer unter Verschluss gehalten hatte: Ich wollte leben. Ich will leben. Ich will noch viel länger leben.

Noch hundert Jahre, noch tausend, noch zehntausend. Ich möchte ewig leben. Es ist mir egal, was nach dem Tod ist, ich will einfach nur leben. Ich will leben, Takuya! Deinetwegen will ich unbedingt leben. Also übernimm bitte die Verantwortung dafür, einem Menschen, der bald sterben wird, solche Lebenslust gegeben zu haben."

Mamizus Stimme war ganz nah bei mir. Ihr Klang breitete sich auf dem nächtlichen Dach gut aus. Sie wirkte geradezu transparent.

„Jetzt werde ich, Mamizu Watarase, dir, Takuya Okada, meinen letzten Wunsch verkünden. Bitte höre gut zu", sagte sie eindringlich. „Ich möchte wissen, was gewesen wäre, wenn ich noch länger gelebt hätte. Ich bin so unheimlich gespannt darauf, wie die Welt nach meinem Tod weitergeht, dass mir vor Neugier fast das Herz platzt. Diese Gefühle habe ich der Begegnung mit dir zu verdanken.

Bevor ich dich kennenlernte, dachte ich immer, die Welt endet, wenn ich sterbe. Wenn ich tot und zu nichts geworden bin, wüsste ich ja nicht, ob die Welt existiert oder nicht, also dachte ich, mein Tod sei das Ende der Welt. Doch du hast mir gezeigt, wie falsch ich lag. Ich brenne darauf, zu erfahren, wie es mit dieser wunderbaren Welt, in der du lebst, weitergeht." An dieser Stelle atmete Mamizu einmal tief durch, dann fuhr sie fort: „Bitte lebe an meiner Stelle weiter. Erlebe, höre und sehe ganz viel von dieser Welt. Bitte zeige mir Tag für Tag den Sinn des Lebens, während ich in deinem Herzen fortlebe."

Unwillkürlich näherte ich mich vom Rand des Dachs dem Schutzgeländer, als würde ich magisch angezogen. Ich machte den Schritt vom Tod zum Leben. Das war meine Niederlage. Mamizu Watarase hatte mich besiegt.

„Wirst du mir meinen letzten Wunsch erfüllen?“

Ihre Lippen waren ganz nah. Ich küsste sie, ohne zu zögern. Sie löste ihre Lippen sofort von meinen und sah mich an. Dann küsste sie mich.

„Ich liebe dich“, sagte ich ihr. Immer und immer wieder. „Ich liebe dich so sehr.“

☽

Danach lebte Mamizu Watarase noch vierzehn Tage.

Bald kommt der Frühling

endless season

Ich hatte nicht damit gerechnet, je wieder allein in einen Freizeitpark zu gehen, doch hier war ich nun. Diesmal machten mir die Blicke der Leute nichts aus. Ich ging schnurstracks zur Schlange für die Achterbahn. Es war nicht viel los, weil es mitten in der Woche war. Ich fragte das Personal, ob der Sitz neben mir freibleiben könnte, wenn ich für zwei Personen zahlte. Erst stieß ich auf etwas Widerstand, doch nachdem ich die Umstände höflich erklärt hatte, durfte ich es so machen. Der Wagen näherte sich langsam dem höchsten Punkt. Wie üblich hatte ich ein flaues Gefühl, an das ich mich nicht gewöhnen konnte. Achterbahn-Fan würde ich in diesem Leben sicher nicht mehr werden. Im nächsten Augenblick ging die Achterbahn auf Sturzfahrt. Ich ließ einen unartikulierten Schrei los.

„Lieber Takuya Okada, mit welchen Gefühlen hörst du wohl diese Aufnahme? Es fällt mir schwer, mir das vorzustellen. Eigentlich wollte ich dir einen Brief schreiben oder eine Videobotschaft aufnehmen, doch dafür fehlte mir einfach die Energie.

Eine Tonaufnahme schien mir gerade noch so machbar, die kann ich auch im Liegen einsprechen.

Um ehrlich zu sein, ich wäre gerne vor meinem Tod irgendwo mit dir hingegangen. Aber ich dachte, wenn ich das sage, würde ich dir wehtun. Nein, eigentlich hätte es mir selbst am meisten wehgetan, deshalb traute ich mich nicht, das auszusprechen. Ich wollte mit dir in einen Vergnügungspark gehen, Takuya."

☽

Ich arbeitete zu dieser Zeit gerade an einem kleinen Projekt. Mamizu hatte mir in jener Nacht ihr Notizheft mit der Liste der Dinge gegeben, die sie vor ihrem Tod noch tun wollte. Sie meinte, sie würde das Heft lieber mir geben, weil es peinlich wäre, wenn ihre Eltern es eines Tages sähen. Als ich es daheim genauer studierte, entdeckte ich darin einige Sachen, die ich noch nicht gemacht hatte. Ein Eintrag fiel mir dabei besonders ins Auge:

Ich möchte eine neue Schneekugel machen.

So eine:

↓↓↓

Darunter befand sich die Zeichnung eines gewissen Ereignisses im Leben.

Besonders künstlerisch gelungen konnte man sie nicht nennen, aber ich erkannte, was sie darstellen sollte.

Ich kaufte Knetmasse und versuchte, Mamizus Skizze damit umzusetzen, doch da ich schon immer ungeschickt gewesen war, klappte es überhaupt nicht. In der Hoffnung, mit genug Rumprobieren würde ich es schon irgendwie hinkriegen, machte ich trotzdem weiter. Da geschah es: Ich bekam mitten in der Nacht einen Anruf von Mamizus Vater.

Vor einigen Tagen hatte Herr Fukami die Angst vor den Schuldeneintreibern aufgegeben und verbrachte seitdem viel Zeit bei Mamizu. Auch ihr nahender Tod spielte dabei eine Rolle. Ursprünglich hatte ihr Vater vor allem wegen der hohen Behandlungskosten gefürchtet, die Geldeintreiber könnten sich an Mamizu und ihre Mutter wenden. Ich war einerseits erleichtert, dass Herr Fukami seine Tochter nun oft besuchte, hatte aber auch widersprüchliche Gefühle dabei, denn es war ein Zeichen dafür, wie bald Mamizu sterben würde.

„Mamizu möchte dich noch ein letztes Mal sehen."

Ich eilte sofort im Taxi zur Klinik, doch ich kam nicht mehr rechtzeitig. Als ich eintraf, war Mamizu bereits tot.

Wenn jemand stirbt, wird sein Gesicht tatsächlich mit einem weißen Tuch bedeckt, ging mir idiotischerweise durch den Kopf.

„Bis eben war sie noch bei Bewusstsein", sagte Herr Fukami gequält.

„Ich habe viel mit ihr geredet, als sie noch lebte", war alles, was ich mühsam herausbrachte.

Ich bat ihre Eltern, mir ihr Gesicht zu zeigen. Sie lächelte. Ich konnte es nicht fassen. Vielleicht täuschten mich auch meine Augen, aber das Gesicht der toten Mamizu wirkte friedlich auf mich.

„Das soll ich dir von ihr geben, Takuya." Herr Fukami reichte mir ein kleines Diktiergerät. Er schien dabei gemischte Gefühle zu haben. „So vor etwa zehn Tagen hat sie damit angefangen. Sie hat offenbar in kleinen Portionen immer wieder etwas aufgenommen. Sie hat sich gewünscht, dass du dir das anhörst."

Davon hatte ich keine Ahnung gehabt. Ich konnte mich nicht erinnern, Mamizu je mit dem Gerät gesehen zu haben. Ich verabschiedete mich von ihren Eltern und verließ das Zimmer.

Es war nach drei Uhr nachts. Auf der Straße vor dem Krankenhaus waren kaum Autos unterwegs. Zu Fuß war es etwas weit bis nach Hause, ungefähr anderthalb Stunden, aber mir war danach, heimzulaufen, also machte ich mich auf. Unterwegs würde es irgendwann Morgen werden und hell auf den Straßen, dachte ich mir.

Auch auf der Hauptstraße waren praktisch keine Autos zu sehen. Aus einer spontanen Laune heraus lief ich mitten auf die Fahrbahn. Ich war ganz allein auf der vierspurigen Straße, die normalerweise dicht befahren war. Mit großen Schritten lief ich so auf der Straße weiter. Irgendwann steckte ich mir die Kopfhörer ins Ohr, die ich von Mamizu bekommen hatte und hörte in die Aufnahme rein. Seltsamerweise hatte ich immer noch nicht geweint. *Vielleicht ist es noch zu früh für Tränen,* dachte ich.

„Also, ich habe nämlich noch ein paar Dinge auf meiner Wunschliste übrig. Eins davon ist, dir diese Aufnahme zu hinterlassen.

Findest du das lästig? Hör bitte trotzdem gut zu. Trommelwirbel! Jetzt verkünde ich meine restlichen Wünsche. Der erste lautet: Bitte äschert mich bei Nacht im Krematorium ein."

An dieser Stelle rief ich hektisch Herrn Fukami an, um ihm die Situation zu erklären. Ich fragte mich, warum Mamizu mir von dem Wunsch erzählte statt ihrer Familie. Vielleicht hatte sie mich wie eben geschehen in Panik versetzen wollen. Oder es war ihr ein bisschen peinlich gewesen, ihren Eltern das mit So Shizusawa und *Ein Lichtstrahl* zu erklären.

Es kamen viele Leute zu Mamizus Trauerfeier, sogar Klassenkameraden, die ich normalerweise nicht zu Gesicht bekam und jetzt laut heulten. Deshalb hätte ich mich gerne etwas bedeckt gehalten. Ich weinte immer noch nicht.

Ein Mitschüler, der sah, wie ich mich mit Mamizus Eltern freundlich unterhielt, fragte: „Standest du ihr nahe, Okada?"

„Sie war meine Freundin", sagte ich, was bei meinen Klassenkameraden für großes Erstaunen sorgte. „Nervt nicht!", fuhr ich sie an.

„Bitte komm zu meiner Trauerfeier. Ich glaube nämlich, du würdest dich gerne davor drücken. Bitte erzähl allen, dass ich deine Freundin war. Bin ich denn wirklich deine Freundin? Ich fühle mich ein bisschen unsicher, weil wir es nie ausdrücklich gesagt haben. Bitte lass mich ab jetzt deine Freundin sein, auch wenn du es vielleicht nicht so gesehen hast. Ich möchte damit angeben, was für einen tollen Freund ich hatte, obwohl ich ein armes Mädchen war, das so jung gestorben ist. Und gib du bitte auch damit an, was für eine hübsche Freundin du gehabt hast."

Natürlich war das Krematorium nachts normalerweise nicht in Betrieb. Trotzdem wurde man dort offenbar immer wieder mal darum gebeten, wenn sich ein Leuchtkranker in seinem letzten Willen gewünscht hatte, bei Nacht verbrannt zu werden. Dann wurde eine Ausnahme gemacht.

Ich ging mit Kayama zum Krematorium, obwohl das üblicherweise nur für die nächsten Angehörigen war. Natürlich hatte ich Herrn Fukami vorher um Erlaubnis gebeten. An einem bestimmten Punkt zogen Kayama und ich uns zurück. Statt Mamizus Knochen aus der Asche zu holen, gingen wir auf einen Hügel, von dem aus man den Schornstein des Krematoriums gut sehen konnte.

Die Gegend war sehr ruhig, nur ab und zu hörte man von irgendwo aus der Ferne das Geräusch eines Autos.

Dann begann Mamizus Kremierung. Der Vollmond stand am Himmel. Mamizus Körper verbrannte und wurde zu Rauch, der aus dem Schornstein in den Himmel hochzog. Ein sanftes Licht umgab den weißlichen Rauch, der sich vom Mond beschienen in einen einzelnen Lichtstrahl verwandelte und zum Himmel aufstieg. Die zu Rauch gewordene Mamizu strahlte vor dem wolkenlosen Nachthimmel als blassweißes Licht.

In diesem Augenblick blitzten die Tage mit ihr kurz in meiner Erinnerung auf und verschwanden genauso schnell wieder.

Das waren also die sterblichen Überreste von Mamizu. Ich konnte nicht fassen, dass das, was ich sah, tatsächlich passierte.

Vielleicht war dieser Eindruck übertrieben, aber dieses Licht schien mir schöner als eine Aurora, ein Regenbogen oder jedes andere Leuchtphänomen. Es war so wunderschön, dass ich ehrfürchtig erschauerte. Während ich beobachtete, wie sich das Licht am Himmel auflöste, nahm ich mir vor, diesen Anblick mein Leben lang nicht zu vergessen. Kurz darauf wünschte ich, ich könnte das Mamizu zeigen, was schon ein bisschen verrückt war.

„Es ist schöner, als ich gedacht hätte“, kommentierte Kayama schlicht.

„Schöner als das Buch *Ein Lichtstrahl*“, erwiderte ich.

Wir rauchten beide. Fast wortlos warteten wir, bis das Licht verschwunden war.

Uns war nicht nach reden zumute. Manchmal gibt es Momente im Leben, in denen es besser ist, nichts zu sagen. Das war einer diese Momente. Dann beschlossen wir, nach Hause zu gehen. Kayama war mit dem Fahrrad da, auf dem er mich mitnahm.

„Bitte finde viele Freunde. Ich hatte letztlich niemanden, den ich als engen Freund oder beste Freundin bezeichnen konnte. Ich hätte gerne Freunde gehabt. Deshalb schließe du an meiner Stelle Feundschaften, Takuya.“

Eigentlich wohnten Kayama und ich recht weit voneinander entfernt, doch er brachte mich fast bis nach Hause. Ich bedankte mich und stieg ab. Kayama sagte kurz „Bis dann!“, machte eine Kehrtwende und radelte davon. *So ist er eben* – kaum hatte ich das gedacht, drehte er sich um. Wahrscheinlich wandte er sich zum ersten Mal jemandem beim Abschied zu. Ich machte mich unwillkürlich auf etwas gefasst, doch er sagte kein Wort. Vielleicht wollte er etwas sagen, brachte es aber nicht fertig.

Ich verlor die Geduld. „Hey, Kayama!“, rief ich ihm zu. Weshalb fuhr er erst ein Stück weg, um dann etwas zu sagen? Was konnte das sein, wenn er es nicht auf normale Entfernung sagen wollte? Nach kurzem Nachdenken fragte ich ihn: „Wir sind doch Freunde, oder?“

Kayama sah mich ausdruckslos an.

„Klar sind wir das.“ Nach kurzem Schweigen fügte er hinzu: „Sag doch nicht so peinliche Sachen!“ Lachend trat er in die Pedale. Er fuhr im Stehen davon, ohne sich noch einmal umzudrehen.

„Da fällt mir ein: Wie geht es eigentlich Schildkröterich? Füttere ihn immer ordentlich. Er soll ein langes Leben haben. Bitte überschütte ihn mit Liebe und verhätschle ihn.“

In letzter Zeit war mir aufgefallen, wie gerissen Schildkröterich war. Er machte sich gern aus dem Staub. Sah man einmal für einen Moment nicht hin, kletterte er aus seinem Wassertank und trieb sich im Haus herum. Meine Mutter und ich verfielen dann jedes Mal in hektische Suchaktionen. Das Badezimmer liebte er besonders.

„Vielleicht sehnt er sich nach dem Meer?“, sinnierte meine Mutter. Der Gedanke schien ihr gerade gekommen zu sein.

„So was Ähnliches habe ich schon mal von jemandem gehört."

„Wollen wir das Auto nehmen?", schlug sie spontan vor. Ich ließ mich breitschlagen. Zu zweit gingen wir mit Schildkröterich in die Garage. „Wir haben schon lange nichts mehr zusammen unternommen", meinte meine Mutter. „Ich glaube, seit Meikos Tod nicht."

„In meinem Alter ist man normalerweise auch nicht mit seiner Mutter unterwegs."

Es war immer noch Winter und ziemlich kalt, aber zumindest sonnig. Wir fuhren an den Strand, an dem ich auch gewesen war. Es gab es nicht viele Strände in der Nähe, also hatten wir keine große Wahl. Meine Mutter hatte eine Plastikplane mitgebracht, die wir auf dem Sand ausbreiteten, um uns draufzusetzen. Dann holten wir Schildkröterich aus seinem Becken und ließen ihn auf dem Strand frei. Mit gemächlichen Schritten wackelte er los. Er machte einen munteren Eindruck.

„Takuya, du warst neulich bei der Trauerfeier einer Klassenkameradin, nicht wahr?"

„Ja."

Ich hatte meiner Mutter noch nicht genauer von Mamizu berichtet. Zum einen war es mir peinlich, zum anderen wäre es mir schwergefallen, alles geordnet zu erzählen.

„Kanntest du sie gut?"

„Ja."

„Verstehe." Sie stellte keine weiteren Fragen, was mich ein bisschen wunderte.

„Weißt du, Mama ..."

„Ja?"

„Ich habe Meiko wirklich sehr gerngehabt", sagte ich. Meine Mutter sah mich lächelnd an. Dann meinte sie leise, das wüsste sie. „Ich bin kein gefühlskalter Mensch." Ich versuchte verzweifelt, das Zittern in meiner Stimme zu unterdrücken, doch es zwar zwecklos.

Es war eigenartig. Die Tränen flossen und wollten einfach nicht aufhören. Ich verstand nicht, warum ich im angemessenen Moment nicht weinen konnte, aber dann heulte, wenn es um etwas völlig anderes ging.

„Das weiß ich doch, Takuya", sagte meine Mutter und streichelte mir über den Kopf. Ich ließ es einfach geschehen. Dann stand sie plötzlich auf, legte die Hände wie in Form eines Megaphons an den Mund und fing an zu schreien. Ich erschrak. Nicht nur ich, auch Schildkröterich, der in Richtung Meer unterwegs war, drehte sich überrascht zu uns.

„Was soll das denn?"

„Nichts, einfach nur so."

Nur das Geräusch der Wellen war zu hören. Ich roch den feuchten Sand.

„Gehen wir heim?", fragte meine Mutter.

Schildkröterich wurde nass, während er in den Ausläufern der Brandung hin und her trippelte.

„Sollen wir Schildkröterich hierlassen?"

„Also wirklich, Takuya. Rede keinen Unsinn."

„War nur ein Witz."

Wir sammelten Schildkröterich ein, dann stiegen wir ins Auto. Auf der Rückfahrt bat ich meine Mutter, kurz beim Baumarkt haltzumachen.

„Wieso?", fragte sie.

„Ich möchte Schildkröterich eine Freundin besorgen", erwiderte ich und sah mich nach ihm um. Er starrte mich verwundert an.

„Ich möchte heiraten und drei Kinder haben. Am liebsten Mädchen, aber Jungs sind auch süß. Ich wünsche mir ein eigenes Haus mit Garten, es darf auch gerne klein sein. Aber eigentlich ist mir alles recht, denn zu Hause ist da, wo man sich wohl fühlt. Bisher hatte ich nie über solche Dinge nachgedacht. Kein Wunder, oder? Wie käme ein Mensch, der am liebsten nie geboren worden wäre, dazu, sich Kinder zu wünschen? Das ist doch Quatsch. Aber jetzt geht es mir so."

Kurz darauf waren die Winterferien vorbei. Zu Jahresbeginn gab es Neuigkeiten: Frau Yoshie hatte geheiratet und würde am Ende des Schuljahrs ihren Abschied nehmen. Laut Gerüchteküche hatte sie ihren Mann über eine Partnervermittlung kennengelernt. Ich war etwas verblüfft, wie schnell das gegangen war, denn noch vor einem halben Jahr war sie mit Kayama zusammen gewesen. Ihn schien das jedoch nicht besonders zu schockieren.

„Er soll ein ganz gewöhnlicher Bürofuzzi sein. Aber als ich das Bild gesehen habe, das die Runde gemacht hat, musste ich echt lachen, wie hässlich der Kerl ist."

Ich fragte mich, wer das Foto rumgeschickt hatte. Kayama sandte es mir aufs Handy. Der Typ sah wirklich aus wie ein glatzköpfiger Kobold.

Einige Tage später hatten wir in der ersten Stunde Japanisch bei Frau Yoshie. Als ich vor dem Unterricht ins Klassenzimmer kam, hatte jemand etwas mit Kreide auf die Tafel gekritzelt:

Herzlichen Glückwunsch zur Hochzeit, liebe Frau Yoshie!

Daneben waren eine Zeichnung des Koboldtypen und ein Herz.

Sobald die Lehrerin reinkam und das sah, fing sie hektisch an, es wegzuwischen. Es schien ihr peinlich zu sein. „Wer hat diesen Unsinn gemacht?", fragte sie. So furchtbar fand sie es aber wohl doch nicht, denn sie wirkte ein bisschen erfreut.

„Hätte nicht gedacht, dass du so gut zeichnen kannst", sagte ich zu Kayama. Er stellte sich dumm und fragte, wovon ich reden würde. Der Kreidestaub am Ärmel seiner Schuluniform war mir jedoch nicht entgangen. Trotzdem tat ich, als hätte ich es nicht bemerkt und ließ die Sache auf sich beruhen.

„Ich hätte gerne viel mehr für dich getan, alles Mögliche. Immer hast du nur Sachen für mich gemacht, ich konnte mich praktisch nie dafür revanchieren. Es tut mir leid, dass ich keine gute Freundin war.

Aber es wäre schön, wenn du bald eine neue Freundin findest. Es ist nicht gut, wenn ein Mann ewig seiner Ex nachhängt. Natürlich darfst du gerne ab und zu an mich denken, das würde mich freuen."

Einmal noch sah ich Riko. Es war an einem Sonntag in der Nähe des Maid-Cafés. Sie lief auf dem Gehweg der gegenüberliegenden Straßenseite Arm in Arm mit einem großen Mann, auf den sie mit Dauergrinsen einredete. Erst wollte ich ihr noch zurufen, doch dann ließ ich es lieber. Die beiden wirkten so glücklich, ich wollte ihnen diesen Moment nicht kaputtmachen. Ich wünschte, dieser Augenblick könnte ewig weitergehen. Dann war ich auch ein bisschen neidisch. Danach sah ich Riko nie wieder.

Die neunundvierzig Tage der Trauerzeit gingen vorbei und nach einem halben Jahr war Mamizus Grab fertig. Herr

Fukami lud mich ein, es gemeinsam zu besuchen. Eigentlich hatte ich vorgehabt, irgendwann heimlich allein hinzugehen, denn ich genierte mich doch ein bisschen. Aber dann sagte ich mir, damit wäre ich nur wieder so wie früher.

Stirbt der Mensch, den man liebt,

muss man sich selbst töten.

Das Gedicht von Chuka Nakahara ging noch weiter, wie ich entdeckte, als ich es noch mal las. Ich hatte es damals nicht richtig zu Ende gelesen. So lauteten die folgenden Zeilen:

Doch wenn dein Karma zu stark ist und du am Leben bleibst,

wollen wir uns in angemessenem Tempo die Hand geben.

Ich überlegte eine Weile, was das bedeuten könnte, bis mir schließlich klar wurde: Das Ganze war gar nicht so tiefsinnig, dass man groß darüber nachgrübeln musste. Die, die am Leben blieben, mussten miteinander klarkommen und sollten sich gut vertragen. Das schien mir die Botschaft zu sein.

In diesem Sinne lud ich Kayama ein, mitzukommen. Ich machte mich zu dem Bahnhof auf, vor dem wir uns treffen wollten. Dort würde Herr Fukami uns abholen.

„Was soll das denn?", fragte Kayama überrascht, als ich mit einem Eimer ankam, in dem sich zwei Schildkröten und etwas Wasser befanden. Schildkröterichs Freundin hatte noch keinen Namen, aber ich wollte ihr bald einen geben.

„Ach, ich wollte nur die Schildkröten mitnehmen."

„Kein normaler Mensch kommt auf die Idee, Schildkröten zu einem Grabbesuch mitzubringen."

Während wir uns unterhielten, kam Herrn Fukamis Auto an.

„Hallo, ihr beiden!"

Mamizus Vater hatte offenbar einen neuen Job, er arbeitete jetzt im Vertrieb. Seine Ausstrahlung war ein bisschen verändert, nicht mehr so rau, er trug auch schickere Kleidung. Der Anblick der beiden Schildkröten schien ihn nicht zu überraschen.

„Lange nicht gesehen, Takuya", grüßte Frau Watarase vom Beifahrersitz. Die beiden sahen sich jetzt wohl wieder öfter, hatten die Scheidung aber nicht rückgängig gemacht. Mamizus Mutter hatte mich zum ersten Mal beim Namen genannt, wie mir auffiel.

„Na, wie geht's?", fing Herr Fukami das Gespräch an, als wäre er ein Vater, der seinen Nachwuchs nach längerer Zeit mal wiedersah.

„Ich habe mit dem Skateboarden angefangen", erwiderte Kayama, der neben mir auf der Rückbank saß. Das hatte er tatsächlich und sich seitdem bei zahlreichen Stürzen etliche Schrammen eingehandelt. Mir war völlig schleierhaft, worin dabei der Spaß bestehen sollte, daher war mir nicht danach, mich seinem neuen Hobby anzuschließen. Aber ich fand es irgendwie nicht übel, wenn Kayama zur Abwechslung einmal eine Sache mit einer gewissen Ernsthaftigkeit anging. Herr Fukami hörte ihm amüsiert zu und lachte an den passenden Stellen.

„Wirst du auch was Neues ausprobieren, Takuya?", fragte er mich.

„Ja, das werde ich."

Ich hatte noch keine Ahnung, was das sein würde, aber das Gefühl, es wäre langsam Zeit dafür. Wenn ich ewig nicht in die Gänge käme, wäre Mamizu sicher enttäuscht von mir. Nein, noch eher gelangweilt als enttäuscht. Dann würde sie bestimmt einen Aufstand machen.

Mir fiel ein, dass einige Sachen in ihrem Notizheft standen, die ich bisher noch nicht gemacht hatte. Als ich kurz zuvor mal wieder darin gelesen hatte, musste ich über „Ich würde gerne mein Kinn mit dem Ellbogen berühren" lachen.

„Sag mal, Kayama, kannst du dein Kinn mit dem Ellbogen berühren?"

„Geht das überhaupt?"

Er probierte es kurz, gab aber schnell auf. Herr Fukami versuchte es beim Fahren, wovon wir ihn eilig abbrachten. Es war überraschend schwierig. Obwohl es möglich schien, ging es nicht. Vielleicht war die Sache schwieriger als der Beweis der Poincaré-Vermutung.*

„Da fällt mir ein: Ich wollte der neuen Schildkröte einen Namen geben. Irgendwelche guten Ideen?", fragte ich in die Runde.

„Sakura", antwortete Herr Fukami mit Blick auf die erst knospenden Kirschbäume, die draußen vor den Fenstern vorbeirauschten.

„Sagen Sie bloß, als Mamizu** ihren Namen bekam ...", vermutete ich, nichts Gutes ahnend.

„Genau. Da trank ich Wasser. Ich hatte einen Kater."

„Und wenn Sie damals Matcha-Tee getrunken hätten?", fragte Kayama überflüssigerweise.

„Dann hätte sie wahrscheinlich Midori*** geheißen."

„Sie sind unmöglich", sagte ich mit einem Schmunzeln.

„Bist du fröhlicher geworden, Takuya?", fragte Herr Fukami, der im Rückspiegel meinen Gesichtsausdruck musterte.

„Ich gebe in angemessenem Tempo die Hand", erwiderte ich, wofür ich von Mamizus Vater einen verwirrten Blick erntete.

---

* Lange ungelöstes mathematisches Problem, das 2002 von Grigori Perelman bewiesen wurde.

** „Mamizu" bedeutet „Frischwasser".

*** „Midori" (ein gängiger Mädchenname) bedeutet „grün".

Und dann war da noch der Idiot, der mir pfeifend die Hand entgegenstreckte. Das war natürlich Kayama. „Dass du ein Idiot bist, ist meine Rettung“, sagte ich und nahm seine Hand.

Die Fahrt dauerte etwa zwanzig Minuten. Der weitläufige Friedhof lag gegenüber einem gut besuchten Tempel, der eine recht bekannte Sehenswürdigkeit war.

„Wahnsinn, sieht nagelneu aus!“, kommentierte Kayama beim Anblick des Grabs wie Idiot.

Herr Fukami lachte. Dabei fiel mir der Schal auf, den er jetzt auf einmal trug. Wahrscheinlich hatte er ihn beim Aussteigen aus dem Auto umgelegt. Es war der rote Schal, den Mamizu für ihn gestrickt hatte.

„Ein Schal bei dem Wetter?“, fragte ich.

Er lächelte ein bisschen verlegen. Ende März war es immer noch etwas frisch, aber Herr Fukami war der Einzige, der einen Schal trug. Na ja, dafür war ich der Einzige, der Schildkröten dabeihatte.

Ich holte die Schneekugel, die ich vor kurzem endlich fertiggestellt hatte, aus meiner Tasche und stellte sie seitlich auf Mamizus Grab. Im Inneren der Glaskugel stand in vertrauter Zweisamkeit ein Paar: sie im Brautkleid, er im Smoking. Es wirkte, als sei unter dem Glas die Zeit stehengeblieben.

An Mamizus Grab legten wir die Hände vor der Brust zusammen und schlossen die Augen.

Bald würde der Frühling kommen. Die Jahreszeit, in der ich Mamizu kennengelernt hatte. Doch ich wollte nicht sterben. Ich freute mich auf die Kirschblüte.

Ich nahm das Diktiergerät aus der Tasche, steckte mir die Kopfhörer in die Ohren und schloss die Augen. Dann lauschte ich noch einmal Mamizus Worten, die ich schon so oft gehört hatte.

„Mein Vater hat dich vorhin angerufen, damit du herkommst. Mein letzter Moment steht sicher bald bevor. Nun kommt mein wirklich allerletzter Wunsch. Ich liebe es, glücklich zu sein. Jetzt bin ich sehr glücklich. Sterben ist absolut furchterregend. Es machte mir solche Angst, dass fast mein Herz stehenblieb. Doch jetzt habe ich keine Angst mehr. Ich bin glücklich. Wie sieht es mit dir aus, Takuya? Bitte werde für mich glücklich.

Ich bete von ganzem Herzen für dein Glück. Das ist die letzte Botschaft von Mamizu Watarase. Leb wohl. Ich liebe dich. Ich liebe dich. Ich liebe dich."

Auf Mamizus Grabstein stand nicht das Zeichen für „Nichts" wie bei So Shizusawa. Es war schlicht ihr Name eingraviert. So war es gut, fand ich.

Nachwort

Hallo, liebe Leserinnen und Leser. Dieser Roman ist mein Erstlingswerk. Ich danke euch, dass ihr ihn gelesen habt.

Die Figuren, die in diesem Werk auftreten, erscheinen vielleicht ein bisschen seltsam. Takuya, der Hauptfigur und Erzähler der Geschichte ist, lebt sein Leben achtlos, während es Kayama vor allem darum zu gehen scheint, möglichst viel Spaß zu haben. Beide sind auf ihre Art etwas verkorkst. Auch die anderen Figuren wirken ein wenig eigenartig. Aber ich finde diese Menschen gar nicht so seltsam. Sie legen es ja nicht drauf an, eigenartig zu leben. Jeder von ihnen versucht auf seine Weise mit aller Kraft, so gut wie möglich sein Leben zu leben und hat in der Konsequenz irgendeine Lebenslast zu tragen. So sehe ich diese Menschen.

So wie sie fand auch ich das Leben als Teenager schwer. Ich hatte das Gefühl, nirgendwo einen Platz für mich zu finden, Bücher waren meine einzige Zuflucht und Rettung.

So kam in mir irgendwann der Wunsch auf, Romane zu schreiben. Ich wollte Schriftsteller werden, aber hatte auch das Gefühl, das sei wahrscheinlich aussichtslos. Also ging ich an die Uni, machte meinen Abschluss und fand einen Job. Während ich so in die Arbeitswelt eingespannt war, verlor ich langsam die Willenskraft, Romane zu schreiben. Ich sagte immer, ich würde ja doch nie Schriftsteller werden.

Doch ich hatte einen Freund, der mir immer gut zuredete: „Du kannst es auf jeden Fall schaffen! Also tu es einfach." Dieser Freund las alles, was ich schrieb, mit großem Interesse. Am Abend, als er sich umbrachte, saß ich in der Firma und arbeitete.

So wie die Hauptfigur dieses Romans fühlte ich mich danach immer schuldig, dass ich lebte. Wenn ich ehrlich bin, verstand ich nie, was in meinem verstorbenen Freund vorgegangen war. Ich litt an Schlaflosigkeit und fing an, nachts draußen herumzulaufen. Oft lief ich stundenlang. Bei einer dieser Touren fasste ich gegen Morgen den Entschluss, einen Roman zu schreiben. Ich kündigte meinen Job und fing damit an.

Die Welt ist hart, ungerecht und voller schrecklicher Dinge. Der Wunsch, sterben zu wollen, scheint mir verständlich. Ich wollte einen Roman schreiben, der einem den Wunsch verleiht, trotzdem leben zu wollen. Ich wäre sehr glücklich, wenn dieses Buch jemandem auch nur ein bisschen dieses Gefühl gegeben hat.

Jetzt bin ich Schriftsteller und denke rückblickend, dass mein Freund damals recht hatte mit seinen Worten. Ich weiß nicht, was Takuya in Zukunft machen wird, aber ich wünsche mir, dass er und alle anderen Menschen, die so wie er an der Last des Lebens tragen, an sich selbst glauben und nicht aufgeben.

Keine Angst. Du kannst es auf jeden Fall schaffen.

Viele Menschen haben zum Erscheinen dieses Buches beigetragen. Loundraw hat Bilder geschaffen, die meine eigene Vorstellung weit übertreffen. Als ich die Illustrationen zum ersten Mal sah, entfuhr mir unwillkürlich ein Laut der Bewunderung. Außerdem danke ich Kosaburo Yamaguchi, Shun Ayasaki und Blue Aoi für ihre wertvollen Kommentare und Empfehlungen.

All diese Menschen, die ich sehr bewundere, haben mir mit ihren Worten in fast schon beschämendem Ausmaß geholfen. Die Lektoren Yuzawa und Endo haben den unerfahrenen Autorenneuling und sein Debüt in die richtige Richtung gesteuert. Herzlichen Dank für die Unterstützung, auch an diejenigen, die hier ungenannt bleiben.
Als Teenager hätte ich mir nie vorstellen können, dass die Geschichte, die ich allein zu schreiben begonnen hatte, es mit der Hilfe so vieler Menschen einmal als Buch in der Welt schaffen würde. Der fertige Roman mag stellenweise noch etwas unbeholfen wirken, aber es steckt alles darin, was mich bis zu diesem Punkt ausgemacht hat.

Ich nehme mir immer vor, alles, was ich im Moment schreiben kann, in das Projekt zu packen, das ich gerade in Arbeit habe. Doch kaum bin ich fertig, bekomme ich schon nach drei Tagen wieder Lust zu schreiben, selbst wenn ich einen Roman abgeschlossen habe. Ich habe immer das Gefühl, es gibt noch etwas zu schreiben. Daher werde ich bis an mein Lebensende Romane schreiben.

Ich würde mich sehr freuen, wenn wir uns bei meinem nächsten Buch wieder begegnen.

Tetsuya Sano

1
Makoto
Shinkai
-
Wataru
Kubota
Weathering
With You
MANGA
漫画
EGMONT

„You Shine in the Moonlight“ von Tetsuya Sano
Aus dem Japanischen von Christine Steinle
Originaltitel: „KIMI HA TSUKIYO NI HIKARI KAGAYAKU“

Originalausgabe:
KIMI WA TSUKIYO NI HIKARIKAGAYAKU

First published in Japan in 2017 by KADOKAWA CORPORATION, Tokyo.
German translation rights arranged with KADOKAWA CORPORATION,
Tokyo through TOHAN CORPORATION, Tokyo.

Deutschsprachige Ausgabe:
Egmont Manga
verlegt durch Egmont Verlagsgesellschaften mbH,
Alte Jakobstr. 83, 10179 Berlin

1. Auflage 2020
Verantwortliche Redakteurin: Inga Wurzbach
Korrektorat: Lucia Müther
Gestaltung: Sonnenfisch Production – Laura Bartels
Koordination: Angelika Schönhuber
Layout & Satz: Datagrafix GSP GmbH, Berlin | www.datagrafix.com
gesetzt mit einer Schrift von Jos Buivenga (exljbris) www.exljbris.com
Printed in the EU
ISBN 978-3-7704-2609-6